华氏451

Fahrenheit
451
-
Ray
Bradbury

〔美〕雷·布拉德伯里——著

于而彦——译

上海译文出版社

感谢并献给唐·康登

如果他们给了你画好线的纸，不要按着线写。

——胡安·拉蒙·希门尼斯

目 录

第一部分　炉灶与火蜥蜴　　1

第二部分　筛子与沙子　　85

第三部分　烈焰炽亮　141

后记　207

尾声　217

第一部分　炉灶与火蜥蜴

焚烧是一种快感。

看着东西被吞噬、烧焦、变样，是一种特殊的快感。手握铜质管嘴，巨蟒般的喷管将它有毒的煤油吐向世间，血液在他的头颅内悸动，而他的手则是某个让人惊叹的指挥家之手，演奏着各式各样炽火烈焰的交响曲，记录历史的残渣和焦墟。他呆钝的脑袋上戴着号码为"451"的头盔，想到即将出现的景况，双眼布满橘红色火焰。他启动点火器；屋宇在狼吞虎咽的烈焰中迸飞，傍晚的天际染成了红色、黄色和黑色。他昂首阔步走在烽起的火星中。他尤其想用根细棍插上一颗软糖塞入火炉中——就像那老掉牙的笑话——而同时，扑拍着鸽翼的书本死在屋舍的前廊和草坪上。书本熊熊盘旋而上，乘风飞去，烧成焦黑。

蒙塔格露出被火灼伤、逼退的人必有的狞笑。

他知道等他回到消防队，也许会冲着镜中的自己眨眨眼睛，他现在就像一个用软木炭把自己化装成黑人的滑稽演员。而后，摸黑就寝时，他会感觉到脸部肌肉依然扯着那狞笑。那笑容始终不会消失，始终不会，只要他还记得。

他挂上那顶乌黑的甲虫色头盔，擦亮它；整整齐齐地挂起防火外套；悠然畅快地冲个澡，然后，吹着口哨，两手插在口袋里，走过消防队的上层，跳下升降孔。就在坠地摔死前的最后一刹那，他从口袋内掏出双手，抓住金闪闪的升降杆。吱吱声中他滑停，脚跟离楼下的水泥地面还有一英寸。

他走出消防队，沿着午夜的街道走向地铁车站；无声的燃气式地铁列车在涂过润滑油的地底通道中无声滑行，到站放下他，吐出大团暖烘烘的热气，让他乘上升向郊区的奶油色瓷砖升降梯。

吹着口哨，他任升降梯将他送入寂静的夜色。他走向转角，脑中空空没想什么特别的事。不过，就在抵达转角之前，他放慢脚步，就仿佛有阵风不知打哪儿吹来，仿佛有个人在唤他的名字。

前几个晚上，他顶着星光走向他的屋子时，总对这个转角另一边的人行道有一种莫名的不确定感。他觉得，就在他转弯前一刹那，有人曾经在那儿。空气似乎充斥着一种特殊的平静，仿佛有人曾在那儿等候，而就在他走到那儿的前一刻，那人就这么转化成一个阴影，让他通过。也许是他的鼻子嗅出一丝淡淡的香气，也许是他的手背、他脸部的皮肤，在这个地点感觉到气温上升，有人站着的地方周遭气温会短暂上升十度左右。他无法理解。每次他拐过这个转角，总是只看到那苍白、曲折、空荡荡的人行道；或许只有一个晚上，他还来不及集中视线去看或开口之前，似乎有什么东西迅速掠过一片草坪，消失不见了。

可今天晚上，他的步伐慢到近乎停止。他的内在意念向外伸展，替他拐过转角，听到了极细微的声音。是呼吸声？抑或是有人静悄悄站在那儿等候着所造成的空气压缩？

他拐过转角。

秋叶飞掠月光映照的人行道，那种贴着地面飞掠的样态，使得那女孩看上去仿佛是在滑行，任风和叶的移动载着她前进。她半低着头，望着鞋子撩拨舞旋的叶片。她的面庞修长、呈奶白色，带着一种温和的饥渴，似乎对万物有着无餍的好奇。那神情几乎是一种朦胧的惊异；那双深色眸子是那么专注地凝望世界，任何动静均逃不出它的觉察。她的衣裳是白色的，婆娑窸窣着。他几乎觉得听到她行走时双手的移动，还有，此刻，她发现自己跟一个伫立在人行道中央等待的男人只有一步之遥时，扭头引起的白色波动发出的极细微的声响。

上方的枝桠洒下干雨，发出巨响。女孩停下脚步，看上去似乎会惊讶得后退，但是不然，她站在原地，用一双那么乌黑、明亮而充满生趣的眸子瞅着他，令他觉得自己说了什么非常奇妙的话。可是他知道自己的嘴只动了动打声招呼，之后，她似乎对他袖臂上的火蜥蜴和胸前的凤凰圆徽着了迷，这时他才开口。

"对了，"他说，"你是我们的新邻居，是不是？"

"那你一定是……"她的目光从他的职业徽志上抬起来，"那个消防员。"她的声音渐趋沉寂。

"你说得很奇怪。"

"我……我闭上眼也知道。"她慢吞吞地说。

"什么？是煤油味？我太太总是抱怨，"他呵呵笑，"这玩意儿怎么也洗不干净。"

"是啊，洗不干净。"她口气畏愕。

他感觉她在绕着他转，将他翻来覆去，轻轻摇甩，掏光他的口袋，而她其实动也没动。

"煤油，"因为沉默冗滞，他说，"对我而言只不过是香水。"

"它像香水？真的？"

"当然。为什么不像？"

她好整以暇地思索这句话。"我也说不上来，"她转身面向通往他俩住家的人行道，"你介意我跟你一道走回去吗？我是克拉莉丝·麦克莱伦。"

"克拉莉丝。我是盖·蒙塔格。走吧。这么晚了你怎么还在外头闲逛？你多大年纪？"

刮着风时暖时凉的夜色中，他俩走在银白的人行道上，空气中泛着淡淡的新鲜杏子和草莓气味，他环目四望，发觉这实在是不太可能的事，岁末将至了。

此刻只有那女孩跟他走在一起，月光下她的脸蛋皑皑如雪，他知道她在思索他的问题，寻找尽可能好的答复。

"噢，"她说，"我十七岁，而且是个疯子。我舅舅说这两样向来是一伙的。他说，旁人问你的年纪，你就说十七岁而且是个疯子。这么晚出来散步真好，不是吗？我喜欢闻气味，看事物，有时候通宵不睡，散步，看日出。"

他继续默默走了一段，最后她沉思地说："你知道，我一点也不怕你。"

他始料未及。"你为什么要怕我？"

"许多人都怕。我是指消防员。不过，你终究只是个人……"

他在她眼眸中看见自己，悬在两滴亮晶晶的清水中，他肤色黝黑，虽然尺寸细小，但细部清清楚楚，嘴角的法令纹等等，巨细靡遗，仿佛她的瞳孔是两颗神奇的紫蓝色琥珀，会牢牢捉住他。她此刻转向他的脸蛋像是易碎的奶白色水晶，带着一抹柔和而源源不灭的光辉。那并不是歇斯底里般的强烈电光，是——什么？是奇异的温馨、罕见而且微微闪烁的烛光。童年时期，有次停电，他母亲找出最后一支蜡烛点燃，当时有过那么短暂的重新发现，那种照明使得空间失去了它的广阔，温馨地围拢他们，于是母子俩变了个人，他们希望不会太快复电……

克拉莉丝·麦克莱伦又开口了。

"你介意我问个问题吗？你当消防员有多久了？"

"打从我二十岁起，十年前。"

"你有没有读过你烧毁的任何一本书？"

他呵呵笑。"那是违法的！"

"哦，当然。"

"这是个好工作。星期一烧米雷①，星期三烧惠特曼，星期五福克纳，把它们烧成灰烬，再把灰烬也烧了。这是我们官方的口号。"

他俩又走了一段，女孩说："据说，从前消防员是去灭火，而不是放火，这可是真的？"

"不对。屋子一直以来都是防火的，相信我的话。"

"奇怪。有次我听说，古早以前屋子常意外失火，得求

---

① Edna St. Vincent Millay（1892—1950），美国女诗人、剧作家及女性主义者。第一位得到普利策诗歌奖的女性作家。

助消防员来灭火。"

他哈哈大笑。

她迅速瞥他一眼。"你为什么笑?"

"我也不知道。"他又要笑,旋即打住。"为什么问这话?"

"我的话并不好笑可你却笑了,而且立刻回答我。你根本没停下来思索我问你的话。"

他停下脚步。"你的确是个怪人,"他望着她,说,"难道你毫不尊重人?"

"我无意冒犯。大概只是我太喜欢观察人了。"

"噢,难道这玩意儿对你毫无意义?"他轻敲他炭色衣袖上缝绣的数字"451"。

"有。"她轻声说,加快了步伐。"你有没有看过喷气式汽车在林荫道上奔驰?"

"你在转变话题!"

"有时候我觉得,开车的人不知道什么是草、什么是花,因为他们从来没有慢慢地瞧过它们,"她说。"如果你让驾驶人看一团模糊的绿色东西,他会说,哦,对,那是草!给他看一团粉红色的模糊东西,那是玫瑰花园!白色的模糊东西是房子。褐色的是牛。有次我舅舅在公路上慢慢开车,时速四十英里,结果他们把他关了两天。这岂不好笑又可悲吗?"

"你想得太多了。"蒙塔格局促不安。

"我很少看'电视墙',或是开快车或是逛游乐园。所以我有许多闲暇疯狂地思考,大概吧。你有没有见过市外乡间那面两百英尺长的广告牌?你知道从前的广告牌只有二十英尺长吗?但是如今汽车经过的速度太快,他们不得不把广告拉长,这样才会留下印象。"

"我倒不知道呢!"蒙塔格猝笑。

"我肯定还知道一些你不知道的事。清晨的草地上有露水。"

他突然间记不得自己是否知道这一点,这使得他相当恼怒。

"还有,如果你看一看,"她朝夜空颔首,"月亮上有个人。"

他已许久没瞧过月亮。

他俩缄默走完余程;她沉思着,他则紧闭着嘴,不自在地沉默着,而且不时责难地瞥她一眼。他俩抵达她家时,屋内灯火通明。

"怎么回事?"蒙塔格鲜少见过屋子亮着这么多的灯光。

"哦,只不过是我妈妈、爸爸和舅舅坐着聊天。这就好像徒步走路,只是更少见罢了。我舅舅曾经因为是个步行主义者——我有没有告诉过你？结果被捕。哦，我们是最最古怪的人。"

"可是你们都聊些什么？"

她闻言大笑。"晚安！"她走上她家的步道。接着，她似乎想起了什么，又转回来，神情惊异又好奇地望着他。"你快乐吗？"她说。

"我什么？"他嚷道。

但是她已经走了——在月光下奔去。她家的前门轻轻地关上。

"快乐！无聊。"

他打住笑声。

他把手伸入他家前门的手套孔，让它辨识他的手。前门滑开。

我当然快乐。她以为呢？我不快乐？他询问寂然的房间。他站在那儿，抬眼望向玄关上方的通风口铁栅，蓦然想起铁栅里面藏着东西，那东西此刻似乎往下睇视着他。他迅速移开目光。

真是个奇异的邂逅、奇异的夜晚。他记不得有过类似的邂逅，除了一年前有个下午，他在公园内遇见一个老头儿，他俩居然聊了起来……

蒙塔格摇摇头。他望着空白的墙壁，女孩的脸蛋仿佛印在墙上，回忆起来相当美丽；事实上，美若天仙。她有一张非常瘦长的脸蛋，就好像半夜里醒来在黑暗中依稀可见的小时钟上的指针，带着一种皎白的沉默和光辉，十分笃定，对那疾速走入更深沉的黑暗，但也同时移向崭新朝阳的夜晚，它确知必须说些什么。

"什么？"蒙塔格问那另一个自我，那个时而絮絮叨叨，不受意志、习惯和良心束缚的潜意识中的白痴。

他回眸望向墙壁。她的脸蛋还真像面镜子。简直不可能；因为，你认识的人当中有几个会折射出你自己的光亮？一般人多半像是——他思索比喻，最后从他的工作中找到一个可用的——火把，熊炽炽的把自己烧光为止。有几个人的脸孔会反映出你的表情，你内心最深处颤悚的思想？

那女孩具备了多么不可思议的鉴识力：她就像个热情的木偶戏观众，在动作之前的一刻，预期着眼皮的每一下眨动，手的每一个姿势，指头的每一次轻拂。他俩一同走了多久？三分钟？五分钟？然而此刻感觉上那段时间似乎好久。在他面前的舞台上，她是个多么巨大的人物；她那苗条的身体在墙壁上投下多么奇特的影子！他感觉自己如果眼睛发痒，她就会眨眼。如果他的嘴稍微翕张，她就会先他一步打个哈欠。

咦，他心想，如今想来，她几乎像是在那儿等着我，在街上，大半夜的……

他打开卧室门。

那感觉就像是月已沉落之后，进入一座华丽陵寝内冰冷的大理石墓室。一片漆黑，不见一丝屋外的银辉，窗户紧闭，大城市的声响完全无法渗入，活像个坟墓。房间内并非空荡无人。

他侧耳聆听。

空气中响着细如蚊吟的嗡嗡声，是一只隐藏的黄蜂，窝在它特殊的粉红色暖巢中发出电动的呢喃。音乐的音量足够他听出旋律。

他感觉到自己的笑容滑脱、融化、起皱、卷曲，就像一层脂皮，像一支漂亮蜡烛上的蜡油，燃烧过久，如今歪倒，熄灭了。漆黑。他不快乐。他不快乐。他跟自己说。他承认这是实情。他拿快乐当作面具戴着，而那女孩却夺下面具奔过草坪跑开了，而且自己没法子敲她家的门，索回面具。

他没有开灯，在黑暗中想象这房间的模样。他的妻子躺在床上，没盖被单，身子冰冷，就像躺在坟头上展示的一具尸体，她的目光被看不见的钢丝固定在天花板上，无法动弹。她的两耳紧箍着"海贝",超小型收音机,那一片电子音响之海,音乐和谈话,音乐和谈话,不停地拍涌她未眠的意念之岸。这房间其实是空荡无人的。每天晚上波涛都会涌入,掀起声音的巨浪将她卷走,让她睁着双眼漂向天亮。过去这两年间,没有一个晚上米尔德里德不曾游过那片海,不曾欣然浮潜其中。

房间冰凉,但他仍旧觉得透不过气来。他不想拉开窗帘,打开法式窗,因为他不愿月光投入房内。就这样,带着那种下一刻就会因缺氧而死的感觉,他摸索着朝他那张单独的、因此冰冷的床铺走去。

他的脚踢到地板上那物体之前的一刹那,他就知道会踢到这样的一个物体。那感觉跟他拐过街角几乎撞倒那女孩之前的感觉没什么两样。他的双脚先行传送出振动,而在脚步尚未甩开之前就已收到那小小障碍物的回声。他的脚往前踢。那物体发出一声闷钝的叮当响,在黑暗中滚到一边。

他直挺挺的兀立不动,在了无轮廓的漆黑中聆听那张暗乎乎床上之人的声音。从鼻孔传出的呼吸是那么微弱,只撩动生命的最远程,一片小树叶,一支黑羽毛,一根毛发。

他仍旧不愿引入屋外的光亮,他掏出点火器,摸摸蚀刻在银徽上的火蜥蜴，咔的一声点亮它……

两颗月长石在他手执的小火苗光亮中仰视他；两颗苍白的月长石埋在一弯清溪中，而世间的生命在溪水上奔流，未触及它们。

"米尔德里德！"

她的脸孔就像一座冰雪覆盖的孤岛，就算下雨，她也感受不到雨水；就算云影掠过，她也感觉不到任何阴影。周遭只有她紧箍的双耳中小蜜蜂的轻吟，她宛如玻璃的双眼，她微弱进出鼻孔的呼吸，还有她对它是否进出、进出的不在乎。

方才被他踢得滚到一边的物体，此刻在他自己的床边下闪闪发光。那个小玻璃瓶早先满盛三十颗安眠药，而如今在小小的火焰中却是空的。

他这么兀立之际，屋子上方的天空发出厉响。那巨大的撕裂声俨如两只巨掌，沿着缀缝扯开数万英里长的黑线。蒙塔格被扯成两半。他感觉自己的胸膛被切开。喷射轰炸机飞过天际，一架两架，一架两架，一架两架，六架、九架、十二架，一架接一架接一架接一架，替他发出凄厉的呼喊，他张开嘴，让它们的尖啸进出他龇咧的齿间。房屋摇撼。他手中的火焰熄灭。月长石消失了。他感到自己的手猛然伸向电话。

喷射机飞走了。他感觉到他双唇蠕动,摩擦着话筒。"急救医院。"一声可怕的呢喃。

　　他感到群星正被黑色喷射机的巨响震得粉碎,明早大地将覆盖着星星的陨尘,就像一种奇异的雪。这就是他这么站在黑暗中发着抖,任双唇不停地蠕动、蠕动之际,脑中的白痴念头。

　　他们有这种机器。其实他们有两种机器。一部钻入你的胃部,就像一条黑色眼镜蛇爬入一口有回音的水井,找出积聚井中的所有老旧的水和老旧的岁月。它饮尽慢慢滚浮到表面的绿色物质。它是否也饮尽黑暗?它是否汲干多年来累积的毒素?一片静寂中,它偶尔会传出一种在体内窒塞而盲目搜索的声音。它有一只眼睛。没人味儿的机器操作员可以借他戴着的一种特殊视觉头盔,探看他所汲吸之人的灵魂。那只眼睛看见了什么?他没说。他看见了,但并不明白那只眼睛所看见的东西。整个手术就跟掏挖院子里的阴沟没什么两样。手术台上的女人充其量不过是他们探触到的一层坚硬的大理石。无论如何,继续往下探钻,吸尽空虚,如果空虚这玩意可以凭那条吸汲之蛇的抽动来掏光的话。操作师站在那儿抽烟。另一部机器也在运作。

　　这另一部机器也是由一个身穿红褐色不沾污连身服、

同样没人味儿的家伙操作。这部机器负责汲尽体内的血液，换上新鲜的血液和血清。

"得双管齐下清除这些东西，"操作员站在寂然无声的女人跟前，说，"要是不把血液清理干净，就算清理了胃也不管用。那玩意儿要是留在血液内，血液会像个槌子似的敲击脑子，砰砰敲个几千下，脑子就干脆放弃了，干脆撒手。"

"住口！"蒙塔格说。

"我只是说说。"操作员说。

"你们弄好了没?"蒙塔格说。

他俩关上机器。"弄好了。"他的愤怒甚至影响不了他们。他们叼着香烟，缕缕烟雾缭绕在他们的鼻子周围，钻入眼睛，他们眼睛既不眨也不眯一下。"总共五十块。"

"何妨先告诉我，她会不会有事?"

"当然不会有事。我们已经把所有恶毒的玩意儿统统装进这个箱子里，现在它害不了她了。我说过，把旧玩意儿取出来，装进新东西，就没事啦。"

"你俩都不是医生。急诊医院为什么不派个医生来?"

"咄!"操作员嘴上的香烟颤动，"这种病例我们一个晚上接九十件。打从几年前开始，病例数量太多，我们就设计了这种特殊机器。当然，胃镜这玩意儿是新发明的，其余都算是老古董。这种病例不需要医生；只需要两个打杂的，花上半个钟头就解决了问题。噢……"他起步走向房门，"我们得走了。这旧耳机刚收到另一通急救电话。又有个人吞了一整瓶安眠药。要是还有需要，只管打电话。让她保持安静。我们给了她一剂镇静剂。她醒来之后会觉得饿。再见啦。"

说完，这两个抿嘴叼烟的男子，两个眼如非洲毒蛇的男子，拎起他们的机器和导管，那一箱液态忧郁和深暗稠浓的无名物质，悠哉游哉步出房门。

蒙塔格颓然坐到一张椅子上，望着那个女人。此刻，她双目轻阖，他伸出手，感觉到她呼出的暖暖的呼吸。

"米尔德里德。"他终于喃喃道。

我们的人口太多了，他心想。我们有几亿人，这个数字太大了，人人漠不相识。陌生人跑来侵犯你，陌生人跑来剖开你的心，陌生人跑来抽你的血。老天，这些人是什么人？我这辈子从没见过他们！

半小时过去。

这个女人体内的血液是新鲜的，而新血似乎对她产生了脱胎换骨的作用。她面颊晕红，双唇充满了血色，看起来柔软而松弛。她体内流动的是别人的血。但愿也换上别人的皮肉、脑子和记忆。但愿他们也能把她的脑子一块儿取出，送到干洗店、掏空口袋，蒸气干洗，然后重新装填，明儿早上再送回来。但愿……

他起身拉开窗帘，把窗户整个儿打开，让夜晚空气流入室内。此刻是凌晨两点。他在街上遇见克拉莉丝·麦克莱伦，然后进屋，黑暗中踢到小玻璃瓶，这一切当真只是短短一个钟头之前的事？短短一个钟头，但世界已消蚀过又萌生出一个崭新而无色无趣的形态。

笑声掠过月色映照的草坪，自克拉莉丝和她的父母及舅舅住的屋子传来，他们的笑是那么温文而诚挚。尤其，他们的笑声轻松真诚，无一丝忸怩勉强，笑声来自那栋在这么大半夜里仍灯火通明的屋子，而其他房舍俱孤僻地隐藏在黑暗中，蒙塔格听到人声聊着、聊着、聊着，给予、编织、再编织着他们令人迷醉的网。

蒙塔格不假思索跨出法式窗，越过草坪。他站在那栋传出聊天声的屋子外面的阴影中，心想自己或许甚至会敲敲他们的屋门，小声说："让我进去。我一句话也不会说，我只想在一边听。你们到底在聊些什么？"

可他只是一直站在那儿，身子冷透了，脸像一张冰做的面具，聆听着一个男人（是那个舅舅？）语调从容地说着。

"唔，终归说来，如今是卫生纸可随意使用的时代。拿别人当纸擤鼻涕，然后把纸揉成团，冲掉，再取一张，擤鼻涕，揉成团，冲掉。人人踩着旁人求取名利。自个儿没个计划，又不认识什么名人，要怎么支持自个儿的家乡球队？说到这儿，他们上场穿的运动衫是什么颜色?"

蒙塔格悄悄回到自己的屋子，任窗户敞开着，他察看了一下米尔德里德，替她仔细盖好被单，然后自己躺下，让月光映照着他的颧骨和紧蹙的眉脊，月光分别在两只眼睛里蒸发，形成两股银白色洪流。

一滴雨水。克拉莉丝。又一滴。米尔德里德。第三滴。那位舅舅。第四滴。今晚的火。一滴，克拉莉丝。两滴，米尔德里德。三滴，舅舅。四滴，火。一、二、三、四、五，克拉莉丝、米尔德里德、舅舅、火、安眠药，人是可以任意使用的卫生纸，踩着旁人求名利，擤鼻涕、揉纸、冲掉。一、二、三，一、二、三！雨来了。暴雨。那舅舅在笑。雷声隆隆。整个世界倾泻而下。火焰有如火山爆发直往上冒。喷涌的吼声和倾泻的激流交织，持续不断冲向清晨。

"我什么也不知道了。"他说着，让一片安眠药在他的舌头上融化。

早上九点，米尔德里德的床铺空着。

蒙塔格迅速起身，心怦怦直跳，他奔过走廊，停在厨房门口。

吐司从银色烤面包机蹦出，一只蜘蛛状金属机器手接住它，涂上黄油。

米尔德里德望着机器手将吐司送到她的盘子上。她两耳塞着嗡嗡作响的电子蜜蜂，打发时间。突然，她抬起目光，看见他，点个头。

"你还好吧?"他问。

戴了十年海贝耳机，她已是读唇语的行家。她又点个头，把另一片面包放入烤面包机，设定时间。

蒙塔格坐下。

他妻子说："不懂为什么我会这么饿。"

"你……"

"我饿坏了。"

"昨晚……"他开口。

"没睡好。感觉真不舒服，"她说，"天，我真饿，弄不懂怎么回事。"

"昨晚……"他又说。

她漫不经意读他的唇语。"昨晚怎么了?"

"你不记得?"

"什么事? 我们办了个疯狂派对还是什么? 感觉像宿醉

似的。天，我真饿。有谁来过？"

"来了几个人。"他说。

"我想也是。"她咬着吐司。"胃好酸，可是我饿得就像肚子整个儿给掏空了似的。但愿在派对上我没出什么丑。"

"没有。"他轻声说。

蜘蛛机器手递给他一片抹了黄油的吐司。他拿着吐司，感觉像是非得尽义务似的。

"看你的模样倒不怎么饿。"他妻子说。

傍晚时分下雨了，整个世界一片阴灰。他站在玄关内，戴上那枚横趴在熊熊燃烧的橘红色火上的蜥蜴徽章。他抬头望着通风孔良久。他的妻子正在电视间看她的剧本，此刻停下来抬起头。"咦，"她说，"你在思考！"

"是啊，"他说。"我一直想跟你谈谈。"他顿了顿，"昨晚你吞了整瓶安眠药。"

"啊，我才不会做那种事。"她口气诧异。

"瓶子空了。"

"我不会做那种事的。我何苦做那种事？"她说。

"也许你吃了两颗药，过后忘记又吃了两颗，然后又忘了再吃两颗，结果昏昏沉沉不停地吃了三四十颗药。"

"咄，"她说，"我何苦做这种傻事？"

"我不知道。"他说。

显而易见她在等着他离家。"我没做那种事,"她说,"绝对不会。"

"好吧,随你怎么说。"他说。

"这正是剧本上那位女士说的话。"她继续看她的剧本。

"今天下午演什么戏?"他口气厌倦。

她未再抬起目光。"唔,这是一出十分钟长的立体巡回演出舞台剧。他们今早寄来我的台词。剧本中故意漏写一个角色对白,这是个新点子。这漏写的角色是个家庭主妇,也就是我。等到该讲这段漏掉的台词时,他们会从三面电视墙一起望着我,我就说出那段台词。嗯,比方说,那个人说:'你对这整个构想有什么看法,海伦?'说完他望着坐在这儿舞台中央的我,明白吧?我就说,我说……"她停顿下来,拿指头比着剧本上的一段台词,"'我认为很好啊!'然后他们继续演戏,直到他又说:'你同意吗,海伦?'我就说:'当然同意!'有意思吧,盖?"

他站在玄关,望着她。

"真有意思。"她自个儿说。

"这出戏演的是什么?"

"我刚才告诉你啦。有三个人,名字叫鲍伯、露丝和海伦。"

"哦。"

"真的很有趣。等我们有能力购置第四面电视墙，那就更好玩了。你想我们还要攒多久钱，才能拆掉第四面墙壁，装上第四面电视墙？只要花两千块哪。"

"那是我一年薪水的三分之一。"

"才两千块，"她回答，"而且我想，有时候你也该顾及我。要是装上第四面电视墙，啊，那这个电视间就好像根本不是我们的，而是各形各色奇妙的人的房间。我们少买几样东西也过得去。"

"为了付第三面电视墙的费用，我们已经少买了几样东西。那是两个月之前才装设的，记得吗？"

"没别的事了吧？"她望着他良久，"唔，拜了，亲爱的。"

"拜了，"他说。他停下脚步，回身。"这出戏结局圆满吗？"

"我还没读到那么后面。"

他走过去，看看最后一页，点个头，折好剧本，递还给她。他跨出家门，步入雨中。

雨渐稀，女孩走在人行道中央，仰着头，疏落的雨水滴在她脸上。看见蒙塔格，她微笑。

"哈啰!"

他回了声招呼,接着说:"你这又在做什么?"

"我还在发疯啊。下雨的感觉真好。我喜欢在雨中散步。"

"我看我不会喜欢做这种事。"他说。

"要是你试试看,也许就会喜欢哪。"

"我从没试过。"

她舔舔唇。"连雨的滋味都不错呢。"

"你这是做什么?到处闲逛,事事都试一遍?"他问道。

"有的时候两遍。"她望着她手中的一样东西。

"你手里拿着什么?"他说。

"我想大概是今年的最后一朵蒲公英。没想到这个时节还会在草坪上找到一朵。你有没有听说过拿它揉搓下巴的传说?瞧。"她笑着拿那朵花揉搓自己的下巴。

"怎么说?"

"如果它的颜色搓掉了,那就表示我在恋爱。有没有?"

他不由得看看。

"如何?"她问。

"你的下巴染黄了。"

"好极了!你来试试。"

"对我不会管用的。"

"来。"他来不及闪躲，她已把蒲公英伸到他的下巴下方。他退开，她娇笑。"别动！"

她细看他的下巴，蹙起眉头。

"如何？"他说。

"真可惜，"她说，"你不爱任何人。"

"有，我爱！"

"没显示出来啊。"

"我有，爱得很深！"他绞尽脑汁苦思一张符合这句话的脸孔，但却想不出来。"我有！"

"哦，别那副表情嘛。"

"是那朵蒲公英，"他说，"你把它的色粉都磨光了。所以在我身上不管用。"

"对，一定是这样。哦，我让你不高兴了，我看得出来；对不起，真的。"她碰碰他的胳膊肘。

"没有，没有，"他立刻说，"我没事。"

"我得走了，所以，快说你原谅我。我不希望你生我的气。"

"我没有生气。不高兴倒是有的。"

"我得去看我的心理医生了。他们逼我去，我就编造一些话。我不知道他对我作何感想。他说我是颗洋葱！我让他忙着剥一层又一层洋葱皮。"

"我倒相信你需要看心理医生。"蒙塔格说。

"你这话不是真心的。"

他吸了口气,吐出,最后说:"对,不是真心的。"

"心理医生想知道我为什么跑到树林里去远足、赏鸟儿、搜集蝴蝶。改天我把我的搜集品拿给你看。"

"好。"

"他们想知道我怎么打发时间。我告诉他们,有时候我就那么坐着思考。可是我不告诉他们思考些什么,我让他们瞎猜。有时候,我告诉他们,我喜欢仰起头,就像这样,让雨水落在嘴里。它的味道就像酒。你有没有试过?"

"没有,我……"

"你是原谅我了,是不是?"

"是的,"他思索一下,"是的,我原谅你了。天知道为什么。你很特殊,你很恼人,可是你又很容易让人原谅。你说你才十七岁?"

"唔……下个月才满。"

"真怪。真奇怪。我太太三十岁了,可有时候你显得比她成熟多了。真弄不明白为什么。"

"你也很特殊,蒙塔格先生。有时候我甚至忘了你是消防员。呃,我可以再惹你生一次气吗?"

"说吧。"

"那是怎么开始的？你是怎么进入这一行的？当初你是怎么选择工作，又怎么想到要接受这份工作的？你跟其他的消防员不一样。我见过几个；我知道。我说话的时候，你总是看着我。昨晚，我说到月亮，你就抬头看月亮。别人绝不会那么做。别人会掉头走开，丢下我在那儿自言自语，或者威胁我。如今没有人有时间听别人说话。你是少数包容我的人，所以我觉得你会是个消防员很奇怪。不知怎的，这工作好像不适合你。"

他感觉自己的身体一分为二，一半灼热一半冰冷，一半柔软一半坚硬，一半颤抖一半挺立，两半彼此倾轧。

"你还是赶紧去就诊吧。"他说。

她跑开了，留下他站在雨中。过了许久，他才移动。

而后，走在雨中，他慢吞吞仰起头，有那么一下子，张开他的嘴⋯⋯

机器猎犬趴在消防队后侧一个黑暗角落中微微嗡响，微微振动，在光线幽微的犬舍内，睡着但不是真睡，活着但不是真活。凌晨一点的微光，自辽阔的夜空投下的月光，穿透巨大的窗户，这儿那儿轻触着微微振动的猎犬身上的铜和钢。光线在一片片红色小玻璃和它鼻孔内敏感的尼龙刷毛上熠闪，它的身体轻轻颤动，八条腿如蜘蛛一般趴在橡胶衬垫的爪子上。

蒙塔格滑下铜杆。他走到外面瞧瞧城市，乌云尽散，他点了根烟，回到室内，俯身看那只猎犬。它就像一只刚从野地里回来的巨大蜜蜂，吃够了沾满有毒的野性、沾满疯狂的梦魇的蜂蜜，体内充盈着过浓的琼浆玉液，此刻正借着睡眠涤净它的邪恶。

"哈啰。"蒙塔格轻唤，对这只无生命却是活的畜生，他始终感到着迷。

晚上无聊的时候——每晚必然——消防员们滑下铜杆，启动猎犬的嗅觉系统，接着把老鼠放出到消防队地下室外采光井，有时候是鸡仔或猫儿，反正它们终必溺死；然后赌猎犬会先抓着哪一只猫或鸡或老鼠。小动物给放了出来。三秒钟，游戏结束；那只老鼠或猫或鸡才跑过采光井半途，就被那些具驯服功能的爪子捉住，同时一根四英寸长的中空钢针自猎犬的鼻子伸出，注入大量的吗啡或普罗卡因①。猎物被扔进焚化炉。游戏重新开始。

玩这种游戏时，蒙塔格多半待在楼上。两年前，他曾经跟他们之中的高手赌过一次，结果输了一周的薪水，米尔德里德气得青筋暴起，失去理智。不过如今晚上他都躺

① procaine，一种局部麻醉剂，医学上常作为古柯碱的代用品。

在自己的床铺上，面向墙壁，聆听着楼下的哄笑，老鼠的四脚如钢琴弦似的奔窜，发出小提琴般的吱叫，还有猎犬像飞蛾一般悄然无声扑向阴幽的光源，寻获它的猎物，刺入针头，然后回到犬舍寂然死去，就仿佛开关关上了似的。

蒙塔格摸摸它的鼻口。

猎犬闷吼一声。

蒙塔格往后跳开。

猎犬在犬舍内半站起身，用它那双突然被启动的眼珠内闪烁的蓝绿色霓虹光望着他。它又闷吼一声，一种夹杂了电的嘶响的奇异锉声，一种煎炒声，一种金属摩擦声，一种因怀疑而显得锈蚀老旧的钝齿的转动声。

"没事，没事，小伙子。"蒙塔格说，他的心怦怦跳。

他看见针尖朝空伸出一英寸，缩回，伸出，缩回。闷吼声在机器畜生体内嘶呐，它盯着他。

蒙塔格往后退。猎犬从犬舍内往外跨出一步。蒙塔格一手抓住铜杆。杆子自动反应，悄然无声向上滑，带着他穿过一楼天花板。他踏上昏暗的上层平台，身子发抖，脸色青白。铜杆下方，猎犬已趴回原处，伸展着那八条不可思议的昆虫般的腿，而且正跟自己哼嗯着，它那双多面向的复眼恢复宁静。

蒙塔格兀立在升降杆旁边，让恐惧消退。他身后，四名男子坐在角落一盏罩着绿色灯罩的吊灯下，围着牌桌打牌，他们瞥看一眼，但没作声。只有那名戴着凤凰标志队长帽的男子终于好奇了，他细瘦的手握着牌，隔着长形房间开口了。

"蒙塔格？……"

"它不喜欢我。"蒙塔格说。

"什么，猎犬？"队长审视他的牌，"得了。它没什么喜欢或不喜欢的。它只会'执行任务'。这就像弹道学中的一课。我们决定它的弹道，它执行。它自行瞄准，自行发射，自行终止。它只是一堆铜丝、蓄电池和电流罢了。"

蒙塔格咽了口口水。"它的计算机可以设定成任何一种密码，我们有太多的氨基酸，太多的硫磺、牛乳脂肪和碱性物质。对不？"

"这些我们都知道。"

"我们队上每个人身上的这些化学平衡和比率都记录在楼下的大档案中。哪个人若想在猎犬的记忆库设定一个自己偏好的密码，比方说，在氨基酸方面动个手脚，是轻而易举的事。这就可以解释那畜生刚才的举动。对我的反应。"

"狗屎。"队长说。

"恼怒，但并不是绝对生气。有人给它设定了适量的

'记忆'，所以我碰它的时候它就会闷吼。"

"谁会干这种事？"队长问，"你在队上没有敌人，盖。"

"据我所知是没有。"

"我们明天让技师查看一下猎犬。"

"这不是它头一遭恫吓我，"蒙塔格说，"上个月发生过两次。"

"我们会解决这问题。别担心。"

但是蒙塔格并未移动，他兀立想着家中玄关内的通风孔铁栅和铁栅后面藏着的东西。假如消防队上有人知道通风孔的事，那么，他们会不会"告诉"机器猎犬？……

队长走到升降杆这儿，询问地看一眼蒙塔格。

"我只是在想，"蒙塔格说，"猎犬晚上趴在楼下都想些什么？它会不会醒过来真的对付我们？我想到就发毛。"

"只要是我们不要它想的事，它都不会去想。"

"真可悲，"蒙塔格轻声说，"因为我们只要它追捕和猎杀。如果它只能知道这些，太可惜了。"

比提队长轻哼一声。"嘿！它是个巧夺天工的艺术品，是一把可以自行寻找目标、保证百发百中的精准来复枪。"

"所以，"蒙塔格说，"我不想当它的下一个猎物。"

"为什么？你有什么事良心不安？"

蒙塔格迅速抬起目光。

比提站在那儿，眼睛定定望着他，同时嘴巴张开，发出非常轻的笑声。

一二三四五六七天。只要他走出家门，克拉莉丝总会出现在某处。有次他见到她在摇一株核桃树，还有一回他看见她坐在草坪上织一件蓝毛衣，有三四次他在他家门廊上发现一束迟开的鲜花，或是一小包栗子，或是一些秋叶整整齐齐地别在一张白纸上，用大头针钉在他家屋门上。克拉莉丝天天陪他走到街角。一天下雨，次日晴空万里，过一天刮起强风，再一天云淡风轻，隔日却像夏季的火炉，到了傍晚克拉莉丝的脸蛋整个儿晒得红通通。

"为什么，"有次在地铁入口，他说，"我觉得认识你好多年了？"

"因为我喜欢你，"她说，"而且我对你无所求。也因为我们彼此了解。"

"你让我觉得自己很老，很像个父亲。"

"这你倒要解释一下，"她说，"既然你这么爱孩子，为什么没有一个像我这样的女儿？"

"我不知道。"

"你说笑！"

"我的意思是……"他打住自己，摇摇头，"呃，我太太。她……她从来不想要孩子。"

女孩不再笑了。"对不起。我真的以为你是拿我寻开心。我真蠢。"

"不，不，"他说，"这个问题问得好，已经好久没人关心去问了。问得好。"

"我们谈谈别的吧。你有没有闻过枯叶的气味？像不像肉桂？来。闻闻看。"

"啊，没错，是有点儿像肉桂。"

她用她那双清澈的深色眸子望着他。"你总是好像很吃惊。"

"只是因为我一直没时间……"

"你有没有去看看我跟你说的那块拉长的广告牌？"

"有吧。有。"他不由得笑了。

"你的笑声比以前好听。"

"是吗?"

"轻松多了。"

他感到自在又舒服。"你为什么没上学？我天天见你到处闲逛。"

"哦，学校并不想念我，"她说，"他们说我是反社会者。我不合群。真奇怪。我其实很喜欢与人交往。这要看各人对交往两个字所下的定义了，是不？我觉得交往的意思就是跟你聊这些事。"她摇晃着一些从前院树上掉落的栗子,嘎嘎作响。"或是谈谈这世界有多奇怪。群处是很好,但是我不认为把一群人找到一块儿却不让他们交谈就是交往,你觉得呢? 一小时电视课,一小时篮球或棒球或跑步,再一个小时抄写历史或是绘画,然后又上体育课,可是你知道吗,我们从来不发问,起码多数学生不发问;他们干脆把答案放映给你看,我们就坐在那儿再听上四个小时电影老师的讲课。我觉得这根本不是交往。这是一大堆漏勺,然后把大量的水从勺口倒入,从底部流出,而他们告诉我们这是酒,可它明明不是酒。一天下来,他们把我们弄得精疲力竭,只能上床睡觉,或是去游乐园欺负别人,拿着大网球到砸窗区砸碎玻璃,到砸车区砸烂汽车;或者开车上街狂飙,试试看能够开得多贴近灯柱,逞强好勇。我想我就跟他们说的一样,没错。我没有一个朋友。这应该证明我是不正常的。可是我认识的人个个不是狂嘶乱舞,就是互殴。你有没有注意到人们如今是怎么彼此相残的?"

"你的口气好老成。"

"有时候我是古代人,我害怕与我同龄的青少年,他们彼此残杀。从前的情况也是这样吗? 我舅舅说不是。单仅去年,我就有六个朋友遭枪杀,十个撞车身亡。我害怕他们,而因为我害怕,他们不喜欢我。我舅舅说,他的爷爷还记得从前青少年不会彼此残杀的时代。可那是老早以前的事，情况跟现在迥然不同。我舅舅说从前的人崇尚责任。你知道吗？我有责任感。多年前，我该揍的时候就会挨揍。现在我负责家里一切采购和打扫的工作。"

"但是最主要的是，"她说，"我喜欢观察人。有时候我在地铁上待一整天，看人，听人说话。我只想知道他们是什么人，有什么需求，要去什么地方。有时候我甚至去游乐园，半夜坐喷射汽车绕着城市边缘狂飙，只要有保险，警方也不理会。只要人人有一万元保险，那就皆大欢喜。有时候我在地铁上偷听别人谈话，或是在冷饮店偷听，结果你知道什么吗？"

"什么？"

"人们什么也不谈。"

"哦，一定会谈吧！"

"不，什么也不谈。他们多半举出许多汽车、衣服或游泳池的名字，然后说真棒！但是他们说的话全都一模一样，众口一致。还有在室内，他们多半时间打开笑话机，那些笑话多数一模一样，或者扭亮音乐墙，五彩缤纷的图案上下变幻，但它只是些颜色，而且全是抽象的。还有在博物馆，你有没有去过？全是抽象的展示品。如今只有这些东西了。我舅舅说以前不是这样。古早以前，绘画有时候会说故事，或甚至画人。"

"你舅舅说，你舅舅说。你舅舅一定是个了不起的人。"

"他是了不起，的确是。噢，我得走了，再见，蒙塔格先生。"

"再见。"

"再见……"

一二三四五六七天：消防队。

"蒙塔格，你爬那根杆子的模样就像鸟儿上树。"

第三天。

"蒙塔格，我瞧见你今天从后门进来。是猎犬让你烦心？"

"不，不是。"

第四天。

"蒙塔格，有件滑稽事。今儿早上听说的。西雅图有个消防员故意把他自己的化学成分输入一只机器猎犬的记忆库。你说，这是什么样的自杀？"

五、六、七天。

之后，克拉莉丝不见了。他不知道那天下午怎么了，只知道哪儿也没见到她。草坪上没有人，树丛里没有人，街上没有人，而尽管起初他甚至不知道自己想念她甚至在找她，但事实上等他走到地铁车站时，他心里隐隐约约忐忑不安。不对劲，他的例行常规被搅乱了。诚然，这只是在短短数日内建立的一种简单常规，然而？……他几乎想转身重新再走一趟，给她时间出现。他确信只要他再走一趟同一段路，一切就会没事了。但时辰已晚，地铁列车已到站，制止了他的计划。

纸牌飘颤，手翻指动，眼睑开阖，消防队天花板上的语音报时钟发出单调的低音，"……一点三十五分，十一月四日星期四凌晨……一点三十六分……一点三十七分，凌晨……"纸牌轻敲油腻桌面的嗒嗒响，林林总总的声音传向蒙塔格，穿透他闭阖的眼睛，他暂时筑起的屏障。他可以感觉消防队里充斥着光亮和沉寂，充斥着黄铜的颜色，硬币的颜色，金银的颜色。隔桌坐着的那些看不见的男人正对着他们的纸牌叹息，等待着。"……一点四十五分……"语音报时钟悲悼着这寒冷一年中一个寒冷凌晨的寒冷时刻。

"怎么啦，蒙塔格？"

蒙塔格睁开眼睛。

一台收音机不知打哪儿嗡响着。"……随时可能宣战。这个国家已整备待发，保卫它的……"

消防队的屋宇震动，一大队喷射机呼啸着单一的音符，掠过凌晨漆黑的天空。

蒙塔格眨眨眼睛。比提队长正望着他，仿佛他是一尊博物馆的雕像。比提随时可能起身绕着他转，触碰、探索他的罪疚和自觉意识。罪疚？什么罪疚？

"该你出牌了，蒙塔格。"

蒙塔格望着这些人，这些脸孔被上千次真实的和上万次假想的大火炙烤成红黑色，工作使他们双颊酡红两眼灼热。这些在点燃他们永恒燃烧的黑色喷管时，定定凝视着白金点火器的火焰的男人。这些人，头发炭黑，眉如煤渣，仔细修刮过的面颊沾着青蓝色焦灰；但是，看得出他们的祖传特性。蒙塔格猛然一惊，张口结舌。他几曾见过一个不是黑发、黑眉、脸孔火红、面颊刮成青钢色却又像未曾修刮的消防员？这些人都是他自己的镜子啊！这么想来，除了脾性，是不是所有消防员也都凭他们的外貌而获选？他们身上的那种煤灰色，还有从他们的喷管持续冒出的燃烧味。这时，比提队长在烟雾缭绕中起身，打开一包新的香烟，将玻璃纸揉成火一般的声响。

蒙塔格望着自己手里的牌。"我……我一直在想。上星期的那场火，我们烧掉了他的图书室的那个男人，他怎么样了？"

"他们把他送进疯人院了。"

"他不是精神失常。"

比提安闲地调整他的纸牌。"只要是自以为能蒙骗政府和我们的人，都是疯子。"

"我试过想象那会是什么感受。"蒙塔格说，"我是指，让消防员烧掉我们的屋子，我们的书。"

"我们没有书。"

"可如果有几本呢？"

"你有？"

比提慢吞吞眨动眼睛。

"没有。"蒙塔格望向他们背后墙壁上那一张张列有百万本禁书的清单。那些书名在火光中跳跃，多年来在他的斧头和他那根喷的不是水而是煤油的喷管下销毁的书。"没有。"但是在他的脑海中，一阵凉风自他家的通风孔铁栅内吹起，微微地，微微地，吹冷了他的脸。继而，他又看见自己在一座绿盈盈的公园内跟一名老头谈话，一个很老很老的男人，而公园里吹起的风也是冰冷的。

蒙塔格踌躇着。"是不是……是不是一向如此？消防队，我们的工作？我的意思是，呃，古早以前……"

"古早以前！"比提说，"这是什么话？"

傻瓜，蒙塔格跟自己说，你会泄底的。在上一次火场中，有一本童话书，他曾瞥见一行字。"我的意思是，"他说，"从前，房屋还不是完全防火之前……"突然间，似乎有一个比他年轻许多的声音在替他说话。他张开嘴，但说话的却是克拉莉丝·麦克莱伦："消防员救火，而不是放火的，不是吗？"

"有意思！"斯通曼和布莱克取出他们的守则，放在蒙塔格读得到的位置，尽管他对这些守则中包含的美国消防员简史早已烂熟于胸。

　　消防队，成立于一七九〇年，宗旨为烧毁殖
民区内受英格兰影响的书籍。史上第一位消防员：
本杰明·富兰克林。

　　规则：一、接获警报，迅速处理。

　　　　　二、迅速放火。

　　　　　三、烧毁一切。

　　　　　四、立刻返回消防队报告。

　　　　　五、保持警戒，接收其他警报。

众人注视着蒙塔格，他没有动。

警报响了。

天花板上的警铃自动敲了两百下。眨眼间四张椅子全空了。纸牌如雪片纷纷飘落。铜杆抖动。众人不见了踪影。

蒙塔格兀坐椅子上。下方，橘红色火龙咳咳发动。

蒙塔格像做梦似的滑下铜杆。

机器猎犬从它的犬舍内一跃而起，它的眼睛里是一片绿色火焰。

"蒙塔格，你忘了戴头盔!"

他一把从身后墙壁上抓了头盔，奔出去，跳上车，他们出发了。夜风呼啸，警笛厉响，巨大的金属消防车隆隆轰轰。

那是在城中古老地区的一栋斑驳的三层楼房，确确实实有百年历史了，但是跟所有房屋一样，多年前它也给装上了一层薄薄的防火塑料外壳，而这层保护壳似是夜空下唯一支撑它的工具。

"到了!"

引擎戛然熄火。比提、斯通曼和布莱克奔上走道，他们穿着圆胖的防火衣，突然显得恶毒而臃肿。

他们砸开前门，抓住一名妇人，但她并没有跑，她并不想逃。她只是站着，身子左右摇晃，她的眼睛空洞地盯着墙壁，就好似他们狠狠敲了一下她的头。她的舌头在嘴巴里抖动，她的眼睛似乎在努力回忆什么，而后，那眼睛想起来了，她的舌头再度蠕动：

"当个男子汉，里德利先生；今天，蒙上帝的恩宠，我们将在英格兰点燃这样一支蜡烛，一支我相信永不会被捻灭的蜡烛。"

"够了！"比提说，"东西在哪儿？"

他带着令人惊异的客观态度掌掴她的脸，重复这句问话。老妇两眼凝神注视比提。"你知道它们在哪儿，否则你不会在这儿。"她说。

斯通曼递上电话报警卡，背面有申报人以电话传真的签字：

有理由怀疑本市榆树街十一号，阁楼。

E. B.

"这应该是布莱克太太，我的邻居，"老妇看着姓名前缀，说。

"好吧，各位，我们动手……"

须臾间，他们已置身泛着霉味的黑暗中，挥动银晃晃的斧头，砍击其实并未上锁的房门，像一群嬉闹喧嚣的青少年似的横冲直撞，破坏一切。"喂！"蒙塔格正颤巍巍爬上陡直的楼梯之际，一堆书从上方涌落。真不方便！以前每次都像捻熄蜡烛似的那么轻易。警方向来先行一步，用胶带封住受害者的嘴，然后将他架上亮闪闪的甲壳虫警车，所以等消防员抵达时，屋子里向来空无一人。你不会伤害到任何人，只伤害东西！而既然东西其实不可能受伤，既然东西是没有感觉的，东西不会嘶喊或呜咽——不像这个女人可能会开始嘶喊哭叫——事后也没有任何东西会撩拨你的良心。你只是来打扫清理，本质上是门卫的工作。把一切回归原位。快拿煤油！谁有火柴！

但是此刻，今夜，有人出了错。这位老妇在破坏仪式。众人发出太多噪声、嬉闹、说笑，来掩盖楼下她那可怕的责难的缄默。她使得空荡荡的空间充斥如雷的控诉，抖落愧疚的微尘，呛塞他们的鼻孔。这既不公道也不对。蒙塔格感到一股强烈的恼怒。她尤其不该在这儿！

书籍轰击他的肩膀、胳膊、他上仰的脸孔。一本书，几乎是驯从地，像一只白鸽扑着双翼，停栖在他手中。摇曳的幽暗光线中，一张书页摊开，就像雪白的羽毛，字句精细地印在上面。匆忙和狂热中，蒙塔格只有瞬间空当看了一行字，但是那句话却在他脑中灼烧了一分钟，就仿佛被火烫的钢烙印在他的脑海里。"时间在午后的阳光下睡着了。"他扔下那本书。立刻，另一本书掉入他怀中。

"蒙塔格，上来！"

蒙塔格的手像嘴一般合紧，他带着一种不顾一切的疯狂，专心一意毁去那本书。楼上的人正把一铲又一铲的杂志抛入灰尘弥漫的半空中。它们像被屠杀的鸟儿纷纷坠落。而老妇，像个小女孩，兀立在鸟儿的尸骸当中。

蒙塔格什么也没做。一切都是他的手做的，因为自有意志，因为每一根指头自有良心和好奇心，他的手变成了贼。此刻它猛然把书塞到他的腋下，紧紧压在冒汗的胳肢窝内，然后迅速抽出，手心空无一物，就像魔术师变把戏！瞧！无罪！瞧！

他骇然瞅着那只苍白的手。他把它伸得远远的，好似他是远视。他把它凑近看，好似他是个瞎子。

"蒙塔格！"

他仓皇回顾。

"别站在那儿，白痴！"

书籍像一堆堆扔在那儿晒干的鱼。消防员们蹦蹦跳跳，不时滑跤摔倒。书名闪烁着它金色的眼睛，坠落，消失。

"煤油！"

他们从背在肩上的"451"号油箱汲出冰冷的液体。他们把煤油洒在每一本书上，浸湿每一个房间。

他们快步奔下楼，蒙塔格踉跄跟在后头。煤油味呛鼻。

"走啊，老太婆！"

老妇跪在书堆中，抚摸着浸湿的皮质和硬纸封面，用她的手指读着烫金书名，同时用眼睛责难蒙塔格。

"你们不能夺走我的书。"她说。

"你知道法律的规定，"比提说，"你的常识到哪儿去了？这些书没有一本是合法的。你窝在这标准的'巴别塔'①中太久了。省省吧！这些书里的人物根本不存在。快走！"

她摇头。

"整栋屋子就要烧掉了！"比提说。

消防员们动作笨拙地走向屋门。他们回头看看蒙塔格，他站在老妇身旁。

"你们不会把她丢在这儿吧？"他抗议道。

"她不肯走啊。"

"那就强迫她走啊！"

比提抬起他藏着点火器的手。"我们该立刻回队上。何况，这些狂热分子向来企图自杀；这种模式司空见惯了。"

蒙塔格托起老妇的胳膊肘。"你可以跟我走。"

"不。"她说，"不过还是谢谢你。"

"我要数到十啦，"比提说，"一、二。"

"求你。"蒙塔格说。

"去吧。"老妇说。

---

① Tower of Babel，《圣经》中古巴比伦一同名城市所建之塔。建塔者拟使它高达天庭，上帝以其狂妄责罚之，使各人突然操不同之语言，彼此不相了解，该塔因之无法完成。见《圣经·旧约·创世记》。

"三、四。"

"走。"蒙塔格硬拖老妇。

老妇口气平和地回答:"我要待在这儿。"

"五、六。"

"你不必再数了。"她说。她微微张开一只手,手心里有一样小东西。

一盒一般厨房用的火柴。

看见它,消防员们拔腿奔出屋子。比提队长保持着他的尊严,慢慢退出前门,他浅红的脸孔因为上千次放火的经验和夜晚的亢奋而灼灼发亮。天,蒙塔格心想,多真实!警报总是在夜里响起,从来不在白天!是因为夜里的火景比较亮丽?比较壮观?比较精彩?比提的红脸此刻在门口露出一丝慌乱之色。老妇的手在那一根火柴棒上抽搐。煤油的气味弥漫在她的四周。蒙塔格感觉那本藏起来的书像心脏似的在他胸口怦怦跳。

"去吧。"老妇说。蒙塔格感觉到自己慢慢退出前门,跟在比提后头,跨下门阶,越过草坪,草坪上那一道煤油渍就像某只邪恶的蜗牛留下的迹印。

老妇走到前廊上,一动不动站着,用眼睛打量他们,她的镇静是一种定罪。

比提拨弄手指要点燃煤油。

他太迟了。蒙塔格倒抽一口气。

前廊上的老妇伸出手，带着对他们全体的轻蔑神态，将火柴划过栏杆。

整条街的住户纷纷奔出屋子。

返回消防队途中他们默不作声，没有人看旁人。蒙塔格与比提和斯通曼一起坐在前座，他们甚至没抽烟。他们呆坐望着庞大的火蜥蜴的挡风玻璃，车子转过一个街角，寂然前行。

"里德利先生。"蒙塔格终于开口。

"什么?"比提说。

"她说，'里德利先生。'我们进门时她说了些什么疯话。'当个男子汉，'她说，'里德利先生。'什么什么的。"

"今天，蒙上帝的恩宠，我们将在英格兰点燃这样一支蜡烛，一支我相信永不会被吹熄的蜡烛。"比提说。斯通曼望向队长，蒙塔格亦然，骇愕。

比提揉搓他的下巴。"这段话是一个姓拉提摩的人对一个名叫尼古拉斯·里德利的人说的。那是在一五五五年十月十六日，他们因异端邪说的罪名，在牛津即将被活活烧死。"①

---

① 本段所指为一五五五年英国女王玛丽为使英国回归天主教，大肆迫害英国境内的宗教改革人士，老妇人所引述的这段话即为拉提摩主教与里德利主教受火刑之时的对话。

蒙塔格和斯通曼回头继续望着随车轮掠逝的街道。

"我满肚子拉拉杂杂的东西，"比提说，"干消防队长多半必然如此。有时候我连自己都觉得惊奇。小心，斯通曼。"

斯通曼紧急刹车。

"该死！"比提说，"你开过了转到消防队的街角！"

"谁？"

"还会是谁？"蒙塔格说，黑暗中他靠在刚关合的房门上。

半晌他妻子终于说："唉，开灯啊。"

"我不想见光。"

"上床吧。"

他听到她不耐烦地翻了身，床铺弹簧咿呀作响。

"你喝醉啦？"她说。

手是始作俑者。他感觉到一只手接着另一只手解开他的外套，任它颓然落在地板上。他把裤子递入深渊，任它坠入黑暗。他的双手已受到感染，过一会儿就会传染到胳膊。他可以感觉到毒素从他的手腕慢慢蔓延至胳膊肘和肩膀，继而从一边的肩胛跳到另一边，就好像火星跃过一道缺隙。他的双手贪婪。他的两眼也开始感到饥渴，仿佛必须看见什么，任何东西，一切。

他妻子说："你在做什么?"

他冒汗，冰冷的手指悬空拿着那本书。

过了半晌，她说："唉，别那么杵在那儿。"

他轻声嗯哼。

"什么?"她问。

他又轻微嗯哼数声。他跟跄走向床铺，笨拙地把书塞
在冰冷的枕头底下。他倒在床上，妻子喊了一声，他吓了
一跳。他躺在房间另一边，离她远远的，隔着一片虚无汪
洋独卧冬寒的孤岛上。感觉上，她跟他聊了好久，她谈这
谈那，但说的都是些字句，就好像有次他在一个朋友家中
育婴室里，听到一个两岁大的幼儿牙牙学语，字句让人听
不懂，声音却童稚悦耳。但是蒙塔格没搭腔，久久只发出
嗯哼声之后，他感觉到她在房间内移动，来到他床前，俯
身探摸他的面颊。他知道等她的手自他脸上抽开，他的脸
是湿的。

深夜，他望向米尔德里德。她醒着。室内飘着轻微的
乐音，她的"海贝"又塞在耳中，她正在聆听遥远之地的
遥远之人说话，两眼凝视着上方天花板漆黑的深处。

不是有个老掉牙的笑话，说有个妻子一天到晚用电话

聊天，她丈夫走投无路，只好跑到附近商店打电话问她晚餐吃什么吗？呃，那么，他为什么不买个无线电海贝对讲机，深夜跟他妻子聊天，说悄悄话，吼叫，嘶喊？可他要说什么悄悄？吼叫什么？他能说什么？

突然间，她是那么陌生，他无法相信自己认识她。他是在别人的屋子里，就像另外一个老掉牙的笑话似的，一个先生，半夜喝醉了酒回家，开错了门，进错了房间，跟一个陌生人睡了一觉，次日一早去上班，两人都迷迷糊糊不明白有过这么一段谬误。

"米尔德里德……"他轻唤。

"什么事？"

"我不是有意吓你。我只是想知道……"

"说啊？"

"我们何时遇见的？在哪儿？"

"我们何时为什么事见面？"她问。

"我是指……最初。"

他知道她一定在黑暗中颦眉。

他把问题说清楚。"我俩头一次见面，是在哪儿？何时？"

"啊，是在……"

她顿住了。

"我不知道。"她说。

他心冷。"你不记得了?"

"事隔太久了。"

"才十年而已,仅仅十年!"

"别激动,我在想嘛。"她发出奇异的轻笑,笑声愈来愈尖亮,"好笑,真好笑,居然记不得几时在哪儿遇见自个儿的丈夫或老婆。"

他躺在床上,按摩他的眼睛、眉毛、颈背。慢慢地按摩。他双手捂住眼睛,徐徐施加压力,仿佛要挤出记忆似的。突然间,知道在哪儿遇见米尔德里德这件事,变成了他毕生最重要的一件事。

"那不重要嘛。"她起床了,此刻在浴室内,他听到水流声和她发出的吞饮声。

"嗯,大概吧。"他说。

他试着计数她吞饮了几次,同时想到那两个抿唇叼烟、面如氧化锌的男子来急救的事,想到那只"电眼蛇"蜿蜒钻入一层又一层的黑夜、硬石和停滞不动的春水,他不由想大声问她,今晚你已吞了多少颗!安眠药!待会儿你还会不知不觉吞下多少?每个小时,持续吞服!或者也许不是今晚,明天晚上!而如今这种情况既已开始,今晚,或明晚,或任何一个晚上,我也将久久不眠。他又想到她躺在床上，那两名操作员站在她旁边，并非关切地俯身看，只是直挺挺地站着，双臂抱胸。他还记得当时自己心想，要是她死了，他肯定不会哭。因为死的是一个不认识的陌生人，一个报纸上的人物，然而他居然哭了起来，这一点突然显得那么的荒谬，他不是为死而哭，而是因为想到自己面对死亡居然不会哭，一个愚昧空虚的男人陪着一个愚昧空虚的女人，而那条饥渴的蛇正使她更加空虚。

你怎会变得如此空虚？他纳闷。是谁把你掏空的？还有那天那朵可怕的花，蒲公英！它唤醒了一切，不是吗？"真可惜！你不爱任何人！"为什么不爱？

唔，老实说，他和米尔德里德之间不是有一面墙吗？事实上不只一面墙，是三面，目前为止！而且还很昂贵！还有住在那些墙壁里的叔姨堂表侄甥，那一群叽叽呱呱的树猿，他们什么也没说，什么也没说，却说得很大声，很大声。打从头他就喜欢管他们叫做亲戚。"路易舅舅今天还好吗？""谁？""还有莫黛阿姨？"真的，他对米尔德里德最鲜明的记忆，是一个小女孩在一个没有树木的林子里（多古怪），或者应该说是一个在原本是树林的高原上迷途的小女孩（你可以感觉出树木的形状犹自林立四周），坐在"起居室"的中央。起居室，用这个名词来形容如今那个房间，委实妙极了。不管他几时进去，那三面墙壁总是在跟米尔德里德说话。

"非得有个做法才行!"

"对,非得有个做法!"

"噢,我们别杵在这儿空谈!"

"我们动手做!"

"我气得快吐了!"

这出戏到底在演什么?米尔德里德说不上来。谁在生谁的气?米尔德里德也弄不清楚。他们打算做什么?唔,米尔德里德说,我们等着瞧瞧看。

他等着瞧瞧看。

一阵轰隆隆雷雨似的声音自电视墙涌出。音乐的巨大音量如炮火袭凌,震得他全身骨头几乎与筋腱分离;他感到下巴颤动,眼珠游离。他像遭到脑震荡。待一切结束,他感觉自己像是被人从绝壁扔出去,在一部离心机内旋转,接着飞下一片瀑布,往下坠落、坠落,落入空无、空无,而且始终——触不着——底,始终——触不着——底……而且坠落的速度太快,也触不着边缘……始终……触不着……任何东西。

雷声偃息。音乐停止。

"结束了。"米尔德里德说。

委实壮观。的确发生过什么事。尽管电视墙里的人们几乎没有动弹过，什么也没解决，你却觉得好像有人扭开了洗衣机，或是用一部巨大的吸尘器把你吸空了，你沉溺在音乐和完全的不和谐音内。他冒着汗走出房间，濒临瘫倒。身后，米尔德里德坐在她的椅子上，人声又起。

"唔，这下子一切没事了。"一位"阿姨"说。

"哦，别太笃定。"一位"表亲"说。

"唉，别生气!"

"谁生气了?"

"你啊。"

"我?"

"你发怒了!"

"我何必发怒!"

"因为!"

"好极了，"蒙塔格喊道，"可是他们在生什么气? 这些人是谁? 那个男人是谁? 那个女人又是谁? 他们是夫妇? 是离了婚，订了婚，还是什么? 老天，没有一件事连贯得起来。"

"他们……"米尔德里德说，"呃，他们……他们吵架嘛，你知道。他们真的常吵架，你该听听。我想他们是夫妇。对，他们是夫妇。为什么问这个?"

还有，他们之间的隔阂如果不是这三面即将成为四面完成梦想的电视墙，那就是敞篷车；米尔德里德以一百英里的时速在城里风驰电掣，他对她扯着嗓门喊叫，她也扯着嗓门应对，两人都努力想听清楚对方的话，但是只听得到汽车的嘶吼。"起码减到最低速限！"他叫道。"什么？"她喊。"减到五十五英里，最低速限！"他吼道。"什么？"她尖声嚷着。"速度！"他吼道。于是她把速度增加到时速一百〇五英里，他透不过气来。

等他们跨下车，她耳朵里塞着海贝。

沉寂。只有风儿轻轻吹拂。

"米尔德里德。"他在床上辗转。

他伸手扯出她耳中的音乐虫。"米尔德里德。米尔德里德？"

"嗯。"她的声音微弱。

他感觉自己是一个以电子技术塞在声光墙壁缝隙中的动物在说话，但是说的话并未穿透玻璃障碍物。他只能演哑剧，希望她会转过头来看他。隔着玻璃他俩触不着彼此。

"米尔德里德，你认识我跟你说过的那个女孩吗？"

"什么女孩？"她快睡着了。

"隔壁的女孩。"

"什么隔壁的女孩？"

"你知道啊，那个高中女孩。她名叫克拉莉丝。"

"哦，认识。"他妻子说。

"我有几天没见到她——应该四天了。你见过她吗?"

"没有。"

"我一直想跟你谈她，奇怪。"

"哦，我知道你指的是哪一个。"

"我想你也知道。"

"她啊……"米尔德里德在漆黑的房中说。

"她怎么了?"蒙塔格问。

"我原想告诉你的。忘了，忘了。"

"那就告诉我。是什么事?"

"我想她走了。"

"走了?"

"全家人搬走了。不过她永远走了，我想她死了。"

"你跟我说的一定不是同一个女孩。"

"不，是同一个女孩，麦克莱伦。麦克莱伦。被一辆汽车轧过，四天前的事，我也不确定。但是我想她死了，反正那家人搬走了，我不清楚，但是我想她死了。"

"你并不确定!"

"不，不是确定。是非常确定。"

"你为什么不早告诉我?"

"忘了。"

"四天前的事啊!"

"我完全忘了。"

"四天前。"他躺着,喃喃说。

他们躺在漆黑的房间里,两人都一动不动。"晚安。"她说。

他听到微微的窸窣声,她的手在动,电子耳机在枕头上像只觅猎的螳螂移动着。如今它又进入她的耳中,嗡嗡响着。

他聆听,他的妻子在轻声唱歌。

屋外,一个影子移动,秋风扬起又渐息。但是沉寂中他还听到了别的声音,就像有东西吐气在窗户上。就像发着冷冷青光的烟雾袅袅上升,像一片巨大的十月落叶被风吹过草坪,消失。

"猎犬。"他心想。今晚它在外面,此刻就在外面。要是我打开窗户……

他没有打开窗户。

翌晨,他发寒又发烧。

"你不可能生病。"米尔德里德说。

他烧得受不了,闭上眼睛。"是病了。"

"可昨晚你还好好的。"

"不,昨晚我就不舒服了。"他听到"亲戚们"在电视间里喊叫。

米尔德里德窥探地站在他床边。他感觉到她站在那儿，没睁开眼也看得见她，她的头发被化学药品烫成脆脆的干草状，她的眼睛像是患了白内障似的看不见，但是瞳孔深处却带着怀疑，她红红的嘴噘着，身子因为节食而瘦得像只觅猎的螳螂，肌肤宛如苍白的腌肉。他记得的她就是这副模样。

“麻烦替我拿片阿司匹林和一杯水好吧？”

“你得起床啊，”她说，“中午了，你已经比平常多睡了五个小时。”

“麻烦你把电视间关掉行不行？”他问。

“那是我的家人。”

“麻烦你顾念一个病人把它关掉行不行？”

“我去把它关小声点儿。”

她走出房间，并未对电视墙做任何处理，又回来了。“这样好些了吧？”

“谢了。”

“现在是我最喜欢的节目。”她说。

“阿司匹林呢？”

“你以前从没生过病。”她又走开了。

“唔，我现在病了。今晚我不去上班了，替我打个电话给比提。"

"昨晚你的举止好奇怪。"她哼着曲子回来。

"阿司匹林呢?"他看看她递给他的水杯。

"哦。"她又走向浴室。"昨晚是不是发生了什么事?"

"只是一场火,没什么。"

"我昨晚很愉快。"她在浴室里说。

"怎么说?"

"电视间啊。"

"演了什么?"

"节目啊。"

"什么节目?"

"前所未有的好节目。"

"谁演的?"

"哦,你知道的,那一群啊。"

"对,那一群,那一群,那一群。"他按压眼窝内的胀痛处,突然间,煤油的气味令他呕吐。

米尔德里德哼唱着走进来。她错愕,"你怎么会这样?"

他惶恐地望着地板。"我们把一个老太婆跟她的书一起烧了。"

"幸好地毯是可以洗的。"她取了块抹布清理秽物,"我昨晚去了海伦家。"

"你就不能在自己的电视间看节目?"

"当然可以,不过串串门也很好啊。"

她走出去,进了电视间。他听见她在唱歌。

"米尔德里德?"他喊道。

她回到房中,唱着歌,轻轻弹着指头。

"你不问我昨晚的事?"他说。

"昨晚怎么了?"

"我们烧了上千本书,还烧死了一个女人。"

"还有呢?"

电视间内声音震响。

"我们烧了但丁,还有斯威夫特①,和马可·奥勒留②。"

"他不是欧洲人吗?"

"大概吧。"

"他不是个激进分子吗?"

"我没读过他的书。"

"他是个激进分子。"米尔德里德把弄电话,"你并不要我打电话给比提队长吧?"

---

① Jonathan Swift(1667—1745),英国作家,著有《格列佛游记》等。
② Marcus Aurelius(121—180),罗马帝国皇帝,公元 161—180 年在位,代表作为《沉思录》。

"你一定要打!"

"别吼!"

"我没吼。"他突然从床上坐起身子,气得面红发抖。电视间在灼热的空气中震响。"我不能打电话给他,我不能告诉他我病了。"

"为什么?"

因为你害怕,他心想。一个孩子装病,不敢打电话,因为只要谈上片刻,结果就会是:"是,队长,我已经觉得好多了。今晚十点我会到队上。"

"你没有生病。"米尔德里德说。

蒙塔格倒回床上。他探手到枕头下,那本藏起的书还在那儿。

"米尔德里德,要是,呃,我辞去工作一阵子,如何?"

"你要舍弃一切?工作了这么多年,就为了一个晚上,为了一个女人和她的书……"

"你该看看她的样子,米尔德里德!"

"她对我而言毫不重要;她本来就不该藏书。这是她应尽的责任,她早该知道的。我憎恨她。她弄得你心神不宁,再这样下去,要不了多久我们就完了,没有房子,没有工作,什么也没了。"

"你不在场,你不明白,"他说,"书本里面一定有什么，有我们想象不到的东西，才会使得一个女人情愿与屋子俱焚。书本里头一定有什么。人不会平白无故情愿这么做。"

"她头脑简单。"

"她跟你我一样明理善察，或许更有甚之，而我们烧死了她。"

"这是桥下有水，必然的事啊。"

"不，不是水，是火。你有没有见过烧毁的屋子？它会持续闷烧好些天。噢，这场火会一辈子纠缠我。天！我整夜在脑海中想扑灭它，我想得快疯了。"

"这种事，你早在当上消防员之前就该想到了。"

"想！"他说，"我哪有选择？我的爷爷和爸爸都是消防员，我做梦都在追随他们。"

电视间里播放着一支舞曲。

"今天是你轮早班的日子，"米尔德里德说，"两个小时之前你就该上班去了，我这才注意到。"

"问题不仅是死了个女人，"蒙塔格说，"昨晚我想到这十年来我烧过的那些煤油，还有那些书。我这才头一回意识到每一本书背后都有一个人，一个构想出那些书的人，要把那些字句著书成文，得花上很长的时间，而我从来没想过这一点。"他跨下床。

"人也许得花上一辈子来观察世间和人生，写出他的想法，可我一出现，轰，一切全没了。"

"别烦我，"米尔德里德说，"我什么也没做。"

"别烦你！行啊，可我怎能不烦我自己？我们需要烦心。我们需要偶尔真正烦心一下。你多久没有真正烦心过了？为某件重要的事，真实的事？"

说完，他戛然缄口，因为他记起了上星期的事，那两颗苍白的宝石盯着天花板，还有那根有只探索的眼睛的吸管，以及那两个说话时香烟在嘴里蠕动、面孔市侩的男子。但那是另一个米尔德里德，那是深藏在这个米尔德里德内心里的另一个米尔德里德，而且非常烦乱，烦乱极了，因而两个米尔德里德始终素不相识。他转过身去。

米尔德里德说："呃，这下子你惨了。屋子前面，瞧瞧谁来了。"

"我不在乎。"

"有辆凤凰车刚停下来，一个穿黑衬衫，袖臂上绣着一条橘红色火蛇的男人正走上步道。"

"比提队长？"他说。

"比提队长。"

蒙塔格没有动弹，就那么兀立凝视他面前墙壁的一片冰冷刷白。

"去让他进来，麻烦你告诉他我病了。"

"你自己告诉他!"她左跑几步，右跑几步，继而停下来，睁大了眼睛，前门对讲机在唤她的名字，轻轻地，轻轻地说：蒙塔格太太，蒙塔格太太，有人来了，有人来了，蒙塔格太太，蒙塔格太太，有人来了。声音渐消。

蒙塔格确定那本书藏妥在枕头后面，然后才慢吞吞回到床上，把被单盖住膝盖和胸口，半坐着，过了一会儿，米尔德里德才动弹，走出房间，接着比提队长晃悠悠走了进来，他双手插在口袋里。

"关上'亲戚'。"比提说着环视四周的每一样东西，除了蒙塔格和他的妻子。

这一回，米尔德里德快步跑开。客厅里的吵闹声戛然静止。

比提队长坐到最舒适的一张椅子上，红润的脸孔带着一种安闲的神情。他好整以暇地取出烟丝，然后点燃他的铜质烟斗，吐出一大团烟云。"只是想过来瞧瞧病人的情形。"

"你怎么猜着的?"

比提咧开他特有的微笑，露出一口糖果似的粉红色牙龈和糖果似的细小白牙。"我是老经验。你正打算打电话请假。"

蒙塔格坐在床上。

"唔,"比提说,"只管请假!"他审视他那永不离身的火柴盒,盒盖上写着:保证:本点火器可点燃百万次。然后开始漫不经心地擦燃化学火柴,吹熄,擦燃,吹熄,擦燃,说几句话,吹熄。他望着火焰。吹熄。他望着余烟。"你的病几时会好?"

"明天。也许后天,星期一。"

比提吸他的烟斗。"每个消防员迟早会犯这毛病。他们只需要了解,知道机器是怎么运转的。他们需要知道我们这一行的历史。以前他们会告诉新手,如今不说了,真他妈的可惜。"他吐了口烟,"如今只有消防队长们记得这一行的历史,"吐了口烟,"我来告诉你。"

米尔德里德坐立不安。

比提花了足足一分钟时间静下来,回想他要说的事。

"你问,我们这一行是怎么开始的,怎么会有这一行,在哪儿,几时成立的?噢,我想这一行真正开始的时间,大约在一个叫做内战的事件发生的那段时期。虽然我们的守则上写的时间更早些。事实上,我们这一行的过程并不顺利,直到有了摄影技术。打那以后——二十世纪初有了电影,接着是收音机,电视。一切开始大量出现。"

蒙塔格坐在床上,动也不动。

"因为大量，所以变得简单了。"比提说，"曾经，书是小众产物，只有少数人喜欢看书，这儿，那儿，到处都是。书的内容可以五花八门，各有不同。世界很辽阔，容得下。可后来，世界变得挤满了眼睛、胳膊和嘴巴。两倍、三倍、四倍的人口。电影、收音机、杂志、书本的水平降低成一种大杂烩似的玩意，你明白我的意思吧？"

"大概吧。"

比提细瞧他吐出的烟雾图像。"想象一下。十九世纪的人，骑马，遛狗，驾马车，一切是慢动作。接着，到了二十世纪，摄影机的速度加快。书的内容缩水了，浓缩本，简明版。文少图多的小报。所有东西都缩简得只剩下插科打诨，仓促结局。"

"仓促结局。"米尔德里德点头应道。

"经典作品删简，好配合十五分钟的收音机节目，然后再删简，好填塞两分钟的书评节目，到最后只剩下十来行的词典式摘要。当然，我言过其实了。词典是参考用的。但是许多人对《哈姆雷特》的认识——你必定知道这个书名，蒙塔格；你大概只是略有耳闻，蒙塔格太太——如我所说，他们对《哈姆雷特》的认识只是某一本书中的一页简介，这本书上称：这下子你终于可以读到所有经典作品；赶上你的邻居了。你明白吧？从幼儿园进步到大学程度，然后又回到幼儿园；这就是过去这起码五世纪以来的知识模式。"

米尔德里德站起身，在房间里走动，一会儿拿起东西，一会儿又放下。比提不理会她，继续说。

"把影片加速，蒙塔格，快。咔嚓，看，瞧，换画面，这儿，那儿，快走，踱步，上，下，进，出，为什么，如何，谁，什么，哪儿，吧？呃！砰！啪！咚，乒、乓、轰！简明的简明版，简明的简明的简明版。政治？一则专栏，两行字句，一个标题！然后，半空中，全消失了，人的头脑被出版商、剥削者、传播者的手转得太快，结果离心机把所有非必要的，浪费时间的思想全甩光了！"

米尔德里德拉平床单。她拍弄他的枕头时，蒙塔格感到自己的心脏猛跳一下，又一下。此刻，她在扯他的肩膀，想移开他的身子，好取出枕头把它整理好再放回去。然后或许她会瞪大了眼睛叫喊，或者干脆说："这是什么？"然后拿起那本藏着的书，一脸楚楚动人的无辜样儿。

"上学的时间缩短了，纪律松弛了，哲学、历史、语言课程删掉了，英文和拼字也渐渐、渐渐被忽略了，最后几乎完全弃置。生命就是眼前，工作才重要，下了班处处是享乐。除了按按钮、拉开关，装螺丝，何苦去学什么？"

"让我整理你的枕头。"米尔德里德说。

"不要!"蒙塔格小声说。

"拉链取代了纽扣,人们清早更衣的时候,就缺少那么一点儿思考的时间,一段哲思的时刻,然而也是忧郁的时刻。"

米尔德里德说,"起来一下。"

"走开。"蒙塔格说。

"生命成了一场洋相,蒙塔格;一切都是砰,哈,噢!"

"噢。"米尔德里德说着,使劲扯枕头。

"老天爷,拜托,别烦我!"蒙塔格激动地说。

比提睁大了眼睛。

米尔德里德的手僵在枕头后面。她的指头正摸索着那本书的轮廓,而随着轮廓渐渐清楚,她的脸色先是诧异继而惊愕。她张口准备发问……

"戏院里只剩下小丑,房间里装潢着玻璃墙壁,墙上五彩缤纷,就像彩纸或是鲜血,或是雪利酒还是白葡萄酒。你喜欢棒球,对吧,蒙塔格?"

"棒球是好运动。"

此刻比提几乎是个隐形人,声音来自一面烟雾屏风的背后。

"这是什么?"米尔德里德问,几乎是兴高采烈似的。蒙塔格往后压住她的胳膊。"这是什么?"

"坐下！"蒙塔格吼道。她吓得跳开，双手空空。"我们在谈话！"

比提继续说他的，仿佛什么也没发生过。"你也喜欢保龄球，是吧，蒙塔格？"

"保龄球，喜欢。"

"还有高尔夫球？"

"高尔夫球是好运动。"

"篮球？"

"好运动。"

"台球？橄榄球？"

"好运动，统统都好。"

"越来越多人人可玩的运动，团队精神，乐子，你就不必思考了，嗯？筹备又筹备再筹备超级中的超级运动。书中的漫画越来越多，图片越来越多。头脑吸取的知识越来越少，没有耐心。公路上到处是一群群人潮，去这儿，去那儿，哪儿也没去。都是汽车难民。城市变成了汽车旅馆，流浪汉一批批随着潮汐从这儿漂泊到那儿，今晚睡在中午你睡过、昨晚我睡过的房间。"

米尔德里德走出房间，砰的一声甩上房门。电视间的"阿姨们"开始嘲笑电视间的"舅舅们"。

"好，我们再来谈谈我们文化中的少数族群吧？人口越多，少数族群也就越多。别惹恼了狗迷、猫迷、医生、律师、商人、主管、摩门教徒、浸信教徒、一神论者、第二代华人、瑞士裔、意大利裔、德裔、得州佬、布鲁克林佬、爱尔兰裔、俄勒冈人，或是墨西哥佬。这本书，这出戏，这个电视剧集中的人物并不代表任何真实的画家、制图员、机械工程师。市场越大，蒙塔格，要处理的争议就越少，记住这一点！所有少数的少数的少数族群各有各的问题要解决。满脑子邪恶思想的作家们，关上打字机！他们真的这么做了。杂志成了一碗香草杂烩，书成了洗碗机——这是那些自以为是的书评家们说的。难怪书卖不出去了，书评家们说。但是大众知道自己要的是什么，他们欣然随波逐流，让漫画书存活下去。当然还有立体色情杂志。就是这么回事，蒙塔格。这并不是政府规定的。没有所谓的正式公告、宣布，也没什么检查制度，没有！科技，大量剥削，还有少数族群的压力，才是始作俑者。如今，多亏这些东西，人可以时时刻刻保持快快乐乐，可以看漫画书，也可以看商业期刊。"

"是的。不过，消防员又是怎么回事？"蒙塔格问。

"啊，"烟斗的轻烟中，贝蒂倾身向前。"还有什么比这更容易解释又必然的事？学校教出越来越多的赛跑选手、跳高选手、飙车手、补锅匠、投机取巧者和游泳选手，而

71

不是检察官、评论家、万事通和创造者，那么，'知识分子'这个名词当然就必然成了骂人的字眼。人总是害怕不熟悉的事物。你想必还记得当年你们班上特别'聪明'的同学，背书、答问题多半由他包办，其他同学就像一尊尊笨神像似的呆坐着，暗恨他。下了课，你们不是专找这个聪明同学碴儿，揍他，折磨他吗？当然是，大家都得一模一样才行。人人并不是生而自由平等，并不像宪法上说的那样，人人是被造成平等的。人人都是彼此的镜子；这样才会皆大欢喜，因为这样一来就没有见高山而渺小的感觉，无从怯懦、无从评断自我了。所以！隔壁人家有书，就等于有一把装满子弹的枪。烧了它。拿走弹药，瓦解人的智慧。天知道谁会是满腹经纶之人的目标？我？我一刻也不会容忍这种人。所以，等到房屋终于全部防火之后（你昨晚的推测是对的），全世界都不再需要消防员做他们原先做的工作了。他们换了新的任务，保护我们的心灵平静，免除我们对于身为劣等人的可理解而合理的恐惧。他们成了官方检察员、法官和执行者。这就是你，蒙塔格，也就是我。"

此刻，电视间门打开，米尔德里德站在那儿望着他俩，看看比提又瞧瞧蒙塔格。她身后房间内的电视墙上一片黄色、绿色、橘色烟火，随着几乎只有圆鼓、非洲鼓和钹声组成的音乐嘶嘶迸爆。她的嘴蠕动，她在说什么，但嘈音淹没了她的话。

比提将烟斗内的烟灰敲入他红润的手心，审视着烟灰，仿佛它是可以加以分析、探索意义的一种符号。

"你必然明白我们的文化包罗万象，所以不能惹恼了我们的少数族群。问问自个儿，这个国家最需要的是什么？人们要的是快乐，对不？你不是打小就一直听人这么说吗？我要快乐。嗯，他们不是很快乐吗？我们不是让他们不停地活动，给他们乐子吗？人活着不就为了这个？为了享乐，为了刺激？你不得不承认，我们的文化提供了充裕的享乐和刺激。"

"是的。"

蒙塔格可以读出米尔德里德在房门口说些什么。他强捺着不看她的嘴，因为要是往那儿看，比提可能会扭头也读出她在说什么。

"有色人种不喜欢《小黑桑波的故事》①，烧了它。白人对《汤姆叔叔的小屋》没好感，有人写了一本有关香烟与肺癌的书，吸烟的人哭了，烧了它。安宁，蒙塔格。平和，蒙塔格。到外头去争斗，最好在焚化炉里头争斗。葬礼是

① *The Story of Little Black Sambo*，苏格兰作家海伦·班纳曼（Helen Bannerman，1862—1946）创作的童书，主人公为一南非的黑人小男孩。

不快乐的，异端的仪式？除掉它。人死了才五分钟，就给送往'大烟囱'焚化场，全国的直升机都做这项服务。人死后十分钟就成了一堆焦灰。我们别絮叨个人的成就，别理会它，烧掉一切。火是光明的，火是洁净的。"

米尔德里德身后电视间内的烟火止熄了。同时她也停止说话：奇迹般的巧合。蒙塔格屏住呼吸。

"隔壁有个女孩，"他缓缓说道，"她不见了，我想是死了。我甚至记不得她的模样，不过她与众不同。她——她出了什么事？"

比提微微一笑。"这种事必然会发生。克拉莉丝·麦克莱伦？我们对她的家庭做了记录。我们一直在密切注意他们。遗传和环境是两样奇妙的玩意。要在短短几年之间消除所有异类是办不到的事。家庭环境可以抵冲掉许许多多学校的功能。所以我们一年一年降低幼儿园的入园年龄，到如今简直是把孩子从摇篮里抓进幼儿园。麦克莱伦这户人家住在芝加哥的时候，我们曾经接获过一些假警报。始终没找到一本书。那位舅舅的记录很复杂，是个反社会分子。那个女孩呢？她是颗定时炸弹。就她的学校记录来看，我确信，这家人一直在往她的潜意识里灌输东西。她不想知道事情是怎么完成的，她要知道为什么。这么一来有时候就很难堪了。人要是对许多事都问为什么，一直这么问下去，到头来一定很不快乐。这可怜的女孩死了反倒好些。"

"是吧，死了也好。"

"幸好，像她这样的异类并不常见。我们懂得如何在他们萌芽之初就钳掉它。盖房子不能没有钉子和木板。要是你不希望房子盖起来，那就藏起钉子和木板。要是你不希望某个人在政治上有所不满，那就别让他看见问题的两面，穷操心；只让他看见单面。最好是一面也别给他瞧见，让他忘记有战争这玩意。就算政府没效率，机构臃肿，疯狂课税，但宁可如此也别让人们为它操心。安心点，蒙塔格。让人们比赛谁记得最多流行歌曲的歌词，或是州首府的名字，或是衣阿华州去年出产了多少玉米。给他们填满不易燃的信息，拿'事实'喂饱他们，让他们觉得胃胀，但绝对是信息专家。这么一来，他们就会觉得自己在思考，明明停滞着却有一种动感，他们就会快乐，因为这类事实不会变化。别给他们哲学、社会学这类狡猾易变的玩意，往那方面思考就会忧郁。这年头，能把电视墙拆了又装合的人——多数人都有这本事——要比那些试图分析、探讨、抗衡宇宙的人快乐，想要探讨、抗衡宇宙，必会让人自觉兽性而寂寞。我知道，我试过；去它的。所以啊，尽管上夜总会，参加派对，看杂耍变魔术，鼓起你的莽勇，玩喷射汽车、直升机，纵情性欲和海洛因，只要能激发直觉反射的东西都行。要是戏不好看，电影空洞无物，那就用电子琴大声刺激我。就算它其实只是对振动的一种触觉反应，我也会认为自己是对那出戏有所反应。我不在乎。我就喜欢具体的娱乐。"

比提站起身。"我得走了，课讲完了。希望我已经把问题厘清了。重要的是，你得记住，蒙塔格，我们是'快乐男孩'、'乡村二重唱'，你和我和其他人。我们是中流砥柱，抵抗那一小撮想用矛盾的理论和思想使大家不快乐的人。我们的手顶着沟堤。撑住，别让忧郁阴晦的哲学浪潮淹没了我们的世界。我们仰仗你。我想你大概并不明白，对于我们这个快乐的世界，你，我们，是多么重要。"

比提握握蒙塔格颓然无力的手。蒙塔格依旧坐在床上，好似整个屋子坍塌在他的周围，而他却无法动弹。米尔德里德已经从房门口消失了踪影。

"最后还有一点，"比提说，"每个消防员在他的工作生涯中，起码会有那么一次心痒。那些书究竟说了些什么？他纳闷。哦，搔搔痒吧，嗯？嘿，蒙塔格，相信我，我当年也不得不看过几本书，好知道自己究竟在做什么，可那些书什么也没说！没有一句是可以传授或相信的话。如果是小说类，它们谈的净是些不存在的人，通篇是一鳞半爪的想象。如果是非小说类，那更糟，这个教授骂那一个是白痴，这个哲学家冲着那一个嘶吼。他们全都在毁灭光明。看完了那些书，你只感到迷惘。"

"呃，那么，要是有个消防员不小心，真的是无意的，带了本书回家呢？"

蒙塔格身子微微抽搐。敞开的房门用它空洞的大眼望着他。

"这是很自然的错误，纯粹是好奇。"比提说，"我们不会过度焦虑或生气。我们让那个消防员保留那本书二十四小时，过了二十四小时，要是他没有把书烧掉，我们就替他把书烧了。"

"当然。"蒙塔格口唇发干。

"唔，蒙塔格。你今天愿不愿意当晚班呐？今晚我们会不会见到你啊？"

"难说。"蒙塔格说。

"什么？"比提神情略显惊讶。

蒙塔格闭上眼睛。"我晚一点会去吧。大概。"

"你要是不来，我们可会想你哩，"比提说着，沉吟地把烟斗塞入口袋。

我再也不会去消防队了，蒙塔格心想。

"祝你康复。"比提说。

他转身走出敞开的房门。

蒙塔格隔窗望着比提驾着他那辆橘黄火焰色车身、炭黑色轮胎的闪亮甲壳虫离去。

对街不远处，矗立着别的屋子和它们平扁单调的正立面。克拉莉丝有天下午是怎么说的来着？"没有前廊。我舅舅说，以前住屋都有前廊。到了晚上，人们有时候坐在廊台上，想聊天就聊天，摇着摇椅，不想说话就不说。有时候他们就这么坐在前廊上，想事情，思索问题。我舅舅说，建筑师说拆掉前廊是因为前廊不美观。但是我舅舅说，这种解说只是为自圆其说；真正潜藏的原因，可能是他们不希望人们那样坐在廊上，什么也不做，只摇着椅子，聊天；这是不正确的社交生活。人们话说得太多，而且有闲暇思考，所以他们就拆掉前廊，还有花园。如今没有几座花园可以闲坐了。还有，看看现在的家具，也没有摇椅了，摇椅太舒适。让人们打起劲儿来穷忙。我舅舅说……我舅舅……还有……我舅舅……"她的声音渐渐消失。

蒙塔格转身看他妻子，她坐在电视间中央，正在跟一名电视主持人说话，那名主持人也跟她说话。"蒙塔格太太，"主持人说。这个，那个，吱吱喳喳。"蒙塔格太太……"如此如此，这般这般。每当主持人对他的匿名观众说话时，那台花了他们一百美元装设的转换器就会自动输入她的姓名，留下一段空当配入适切的音节。一台特殊的波频变换器也可以使他嘴唇周围部位的影像改变，美妙地做出元音和子音的嘴型。无疑，他是个朋友，一个好朋友。"蒙塔格太太……仔细听着。"

她扭头。不过显然她并未在听。

蒙塔格说："从今天不上班到明天不上班，到再也不去消防队上班，这中间只有一步之遥。"

"可你今晚会去上班，不是吗？"米尔德里德说。

"我还没决定。眼前我有一股可怕的感觉，想砸烂东西，想杀人。"

"去开车兜兜风。"

"不，谢了。"

"车钥匙在床头几上。我有这种感觉的时候向来喜欢开快车。把车速加到每小时九十五英里，你就会觉得痛快极了。有时候我整夜在外头开车，回来你都不知道。在郊外开车很好玩的，你会撞上兔子，有时候还会撞到狗。去开车兜兜风。"

"不，这回我不想开车兜风，我想抓牢这奇怪的感觉。天，这感觉愈来愈强烈。我不知道它究竟是什么。我很不快乐，很生气，可又不知道为什么。我觉得好像自己体重在增加，觉得肥胖。我觉得好像自己一直在储存许多东西，又不知道是什么东西。我甚至可能会开始看些书。"

"他们会把你关起来，不是吗？"她望着他，好似他人在玻璃墙壁后面。

他动手穿上衣服，同时烦躁不宁地在卧房里走来走去。"没错，不过也许这是个好主意。免得我伤人。你听到比提说的话了吗？你听了没？他知道所有答案。他说得对，快乐才重要，乐趣是一切。可我却坐在这儿不停跟自个儿说，我不快乐，我不快乐。"

"我快乐。"米尔德里德咧嘴灿笑，"而且以此为傲。"

"我会做件事，"蒙塔格说，"我甚至还不知道会做什么，但是我会做件惊天动地的事。"

"我听腻了这套废话。"米尔德里德说着，别过头去，继续跟电视主持人交谈。

蒙塔格轻触墙上的音量控制器，那名主持人顿时成了哑巴。

"米莉①？"他顿了顿，"这是你的屋子，也是我的。我觉得现在该告诉你一件事，这样才公平。我早该告诉你的，

————————————

① Millie，Mildred（米尔德里德）的昵称。

80

但是我原先甚至跟自己都不承认。我有样东西想要你看看，是过去这一年间我断断续续收藏起来的东西，我不知道为什么，可是我做了，而且始终没告诉你。"

他拿了一张高背椅，慢慢地、稳稳地移到前门的玄关处，然后爬到椅子上，像尊雕像似的兀立半响，他的妻子站在下方，等待着。而后，他抬起手，拉开空调系统的铁栅，把手伸入通风孔深处右侧，再移开另一块金属板，取出一本书。他看也不看就将它扔到地板上。他又抬起手，取出两本书，放下手，把书扔到地板上。他不停地上下移动他的手，扔下书，小开本，大开本，黄色、红色、绿色封面的书。等他动作结束，他低头望着躺在他妻子脚边的二十来本书。

"对不起，"他说，"我当时没有真正用脑子想过。可如今看来，我俩似乎一块儿蹚进浑水了。"

米尔德里德往后退，有如突然间遇上一群从地板钻出来的老鼠。他可以听见她的急促呼吸，她的脸色整个刷白，眼睛睁得大大的一动不动。她叨念他的名字，一遍、两遍、三遍。继而，呻吟着，她冲上前，抓起一本书，朝厨房焚化炉奔去。

他拦住尖叫的她。他牢牢握着她，她伸指猛抓，奋力想挣脱他。

"不，米尔德里德，不！等等！住口，行不行？你不知道……住口！"他搧她的脸，他又抓住她，摇撼她。

她叫他的名字，而且哭了起来。

"米莉！"他说，"听着。给我一秒钟，行不行？我们什么也不能做，我们不能烧了这些书。我想看，起码看一遍。然后，要是比提队长说的是实话，我们一起烧掉它们，相信我，我们会一起烧掉这些书，你一定要帮助我。"他低头凝视她的脸，握着她的下巴，牢牢抓着她。他不只是在看她，也是在她脸上寻找他自己和他必须做的事。

"不管乐不乐意，我们已经蹚进浑水了。这些年来我从没对你提过什么要求，但是现在我要求你帮助我，我求你。我们必须找出个头绪，弄清楚我们为什么情况这么糟，你晚上得吃安眠药，还要开快车，还有我和我这份工作。我们正朝悬崖冲啊，米莉。天，我不想摔下去。这件事不容易。我们无从着手，但是也许可以抽丝剥茧，弄个明白，彼此救助。眼前我太需要你，我不知怎么说才好。要是你还有点儿爱我，你会包容的，二十四小时，四十八小时，我只要求这么多，然后一切结束。我保证，我发誓！而要是书里有什么值得的东西，只要从这趟浑水中得到那么一点儿值得的代价，也许我们可以将它流传给别人。"

她不再挣扎了，因而他放开她。她瘫软地退开，贴着墙壁滑坐到地板上，望着那些书。她的脚碰到一本书，她一看见立刻把脚抽开。

"昨天晚上那个老女人，米莉，你不在场，你没看到她的脸。还有克拉莉丝，你从没跟她说过话，我跟她聊过，而比提这种男人却怕她。我不懂为什么。他们为什么这么害怕像她这种人？但是我昨晚一再将她跟消防队里的队员们相比，结果突然发觉我一点儿也不喜欢他们，我也不再喜欢自己了。我还心想，如果烧死的是那些消防员，或许反倒好。"

"盖！"

前门的计算机轻唤。

"蒙塔格太太，蒙塔格太太，有人来了，蒙塔格太太……蒙塔格太太，有人来了。"

轻轻的。

他俩扭头盯着前门和散落一地的书。

"比提！"米尔德里德说。

"不可能是他。"

"他又回来了！"她喃喃道。

前门的计算机再度轻唤。"有人来了……"

"我们别应门。"蒙塔格靠在墙上，接着慢慢蹲下身子，惶惑地用拇指、食指蹭顶那些书。他全身发抖，极想把那些书塞回通风孔内，但是他知道自己无法再次面对比提。他坐到地上，前门的声音又响，这回更加急切。蒙塔格从地板上拿起一本小书册。"我们从哪儿开始？"他信手从中间翻开书，细看内容，"我们还是从头开始吧，我想。"

"他会进来的，"米尔德里德说，"他会把我们和这些书一块儿烧了。"

前门的计算机声音终于消失。一阵静寂。蒙塔格感觉出有人在前门外头，等待着，倾听着。继而脚步声顺着步道远去，越过草坪。

"我们看看这是什么，"蒙塔格说。

他说话迟疑，而且带着强烈的不自然。他这儿那儿随便念了十来页，最后念到这一段：

"据统计，先后有一万一千人宁肯赴死也不愿在吃鸡蛋的时候从小的那端敲开。"①

米尔德里德隔着玄关与他对望。"这是什么意思？毫无意义！队长说得对！"

"这样吧，"蒙塔格说，"我们重新再看一遍，从头开始。"

———————

① 语出《格列佛游记》。

第二部分　筛子与沙子

他们看了一下午的书，外头，十一月的寒雨自天际绵绵落在寂静的屋顶上。他俩坐在玄关内，因为电视间里少了墙上橘红艳黄的彩纸和烟火，没有穿着金色丝网的女人和一身黑绒西装的男人从银色高帽里掏出一百磅重的兔子，显得空荡而灰暗。客厅死寂，米尔德里德不停地茫然凝望它，而蒙塔格一会儿来回踱步，一会儿盘腿坐下，大声朗读一页文字，反复念上十遍之多。

"我们无法确切指出友谊形成的时间。正如注水入瓶，一滴一滴注入，最后必有一滴会使它满溢；同样的，一连串的善意，最后总有那么一次会使心灵满溢。"

蒙塔格兀坐聆听雨声。

"隔壁那女孩的情形可正是这样？我一直百思不解。"

"她死了。我们谈谈活着的人吧，拜托。"

蒙塔格并未回头看他的妻子，径直颤抖着沿走廊进入厨房，他呆立良久望着雨打着窗子，之后再回到光线灰暗的玄关，等待着颤抖缓息。

他打开另一本书。

"这最钟爱的主题，我自己。"

他眯眼凝视墙壁。"这最钟爱的主题，我自己。"

"这个我懂。"米尔德里德说。

"可是克拉莉丝最喜爱的主题并不是她自己。她喜欢的主题是旁人，还有我。她是多年来我头一个真正喜欢的人。她是我记忆中头一个正视我的人，好像我很重要。"他拿起那两本书。"这些人早就死了，可是我知道他们的话必定指的是克拉莉丝。"

前门外，雨中，微微的刮剥声传来。

蒙塔格身子一僵。他看见米尔德里德猛然靠到墙上，倒抽一口气。

"有人……在门外……计算机为什么没通知我们……"

"我把它关掉了。"

门坎下，一声徐徐的、探索的吸嗅声，一声电动的呼气声。

米尔德里德哈哈笑。"只是一条狗嘛！要不要我去把它撵走？"

"待在这儿别动！"

静寂。寒雨持续落着，青蓝的电的气味在锁着的前门下吹拂。

"我们继续工作。"蒙塔格轻声说。

米尔德里德踢一本书。"书又不是人。你念了半天，我左看右看，可却没有任何一个人！"

他盯着那阴沉死寂的客厅，就像一片汪洋大海，只要扭开电子阳光，就可能充盈生命。

"呐，"米尔德里德说，"我的'家人'是人。他们跟我说事情，我笑，他们也笑！而且还有色彩！"

"没错，我知道。"

"何况，要是比提队长知道有这些书……"她想了想。她的脸色转为惊异，继而骇然。"他可能会来烧掉房子和'家人'。太可怕了！想想我们的投资。我何必读这些书？何苦？"

"何苦！为什么！"蒙塔格说，"那天晚上我看见了世上最可怕的蛇。它是死的，却又是活的。它看得见，却也看不见。你想看看那条蛇吗？它在急诊医院，他们把那条蛇从你身上吸出的废物统统做了报告，送到医院列档！你想去查看他们的档案吗？或许你可以在盖·蒙塔格或是'恐惧'还是'战争'的分类档案里找到。你想不想去昨晚被烧掉的那栋屋子看看？在焦灰里找找那个亲手烧屋自焚的老女人的骨骸！还有克拉莉丝·麦克莱伦呢，我们要去哪儿找她？停尸间！你听！"

轰炸机飞过天际，掠过屋子上方的天空，像一台巨大的隐形风扇，在苍茫空无中喘息，低喃，呼啸，盘旋。

"上帝，"蒙塔格说，"那么多鬼东西时时刻刻在天上飞！怎么会每分每秒都有轰炸机升空！为什么没有人愿意谈这件事！打从一九九〇年起，我们已经发动而且打赢了两场核子战争！是因为我们在家里有太多乐子，忘记了世界？是因为我们太富有，而世界其他地方太贫穷，所以我们根本不在乎他们贫穷？我听过一些传言，全世界在挨饿，可我们却丰衣足食。全世界都在辛苦工作，而我们却在嬉乐，这可是真的？是不是因此世人才这么仇恨我们？多年来，每隔一阵子，我就听说仇恨的传言。你知道为什么吗？我不知道，这一点可是确定的！也许书可以让我们脱离井穴。书或许可以阻止我们重蹈同样荒唐的错误！我没听到你那间客厅里的白痴混蛋们谈过这件事。天，米莉，你还不明白吗？每天一个钟头、两个钟头，看看这些书，也许……"

电话响了。米尔德里德一把抓起话筒。

"安！"她大笑，"是啊，今晚要演出'白色小丑'！"

蒙塔格走进厨房，扔下书。"蒙塔格，"他说，"你真蠢。我们这下子该怎么办？把书交到队上，忘了这码事？"他打开书，大声念诵，好盖过米尔德里德的笑声。

可怜的米莉，他心想。可怜的蒙塔格，你也同样看不懂这些书。可是，到这时候你要向谁求助，你要去哪儿找个老师？

且慢。他闭上眼睛。对了，他发现自己又想到一年前在绿盈盈公园里的事。近来他多次想到它。但这时他记起了那天在公园内，见到那名穿黑西装的老头儿急忙藏了一样东西在外套内的情形。

……老头儿猛然站起来，好似想跑开。蒙塔格说："等等！"

"我什么也没做！"老头儿喊着，身子发抖。

"没人说你做了什么。"

他俩坐在盈绿的柔和光线中，半晌没吭一声，继而蒙塔格谈起天气，老头儿用毫无感情的声音应答。那是一次奇异而宁静的邂逅。老头儿自称是个退休英文教授，四十年前，最后一所文理学院因为缺乏学生和赞助人而关门，他就飘零无依了。他姓费伯，而等他终于不再畏惧蒙塔格之后，他说话的声音有了抑扬顿挫，不时望着天空、树木和公园，一个小时过去，他对蒙塔格说了一段话，蒙塔格感觉出那是一首无韵诗。之后，老头勇气益增，又说了一段话，也是一首诗。费伯一手按着他的外套左口袋，徐徐说着那些字句，蒙塔格知道，要是他伸出手，可能会从老头儿的外套里掏出一本诗集。但是他并未伸出手。他双手停在膝盖上，麻木无用。"我不谈事情，先生，"费伯说，"我谈事情的意义。我坐在这儿，知道自己活着。"

那天的过程仅此而已，真的。一个小时的独白，一首诗，一段评论，之后，双方均未表明蒙塔格是消防员这项事实，费伯微微颤抖地将他的住址写在一张纸条上。"给你存档，"他说，"以防你决定生我的气。"

"我没有生气。"蒙塔格诧愕道。

米尔德里德在客厅尖声大笑。

蒙塔格走进卧房，从衣橱内找出他的档案夹，翻到类别："未来调查对象"（?）。费伯的名字记在上面。他并未交给队上，也没有涂掉它。

他用分机拨电话。电话线另一端呼叫费伯的姓氏十来遍，教授才声音微弱地接听。蒙塔格表明自己的身份，对方沉默良久。"什么事，蒙塔格先生？"

"费伯教授，我想问个很突兀的问题。我国还剩下多少本《圣经》？"

"我不知道你在说什么？"

"我想知道到底还有没有一本《圣经》。"

"这是陷阱！我不能随随便便跟任何人通电话！"

"有多少本莎士比亚和柏拉图的书？"

"一本也没有。你我都知道，一本也没有！"

费伯挂上电话。

蒙塔格放下话筒。一本也没有。从消防队的清单上，他当然知道这个答案。但是不知怎的，他想听费伯亲口这么说。

玄关内，米尔德里德的脸孔洋溢着兴奋之情。"哦，她们那几个女人要来我们家！"

蒙塔格给她看一本书。"这是全本《新旧约圣经》……"

"别再来这一套！"

"这也许是这半个地球上最后一本《圣经》。"

"你今晚得把它交回去，不是吗？比提队长知道你拿了它，不是吗？"

"我想他并不知道我偷拿了哪一本书。可是要我如何选一本替代品？是交出杰弗逊先生？还是梭罗先生？哪一本最没有价值？要是我挑了一本替代品，而比提确实知道我偷拿的是哪一本，他就会猜到我们家有一间书库！"

米尔德里德嘴角抽动。"明白你做的好事了吧？你会毁了我们！谁比较重要，是我，还是那本《圣经》？"此刻她尖叫起来，坐在那儿像个蜡做的洋娃娃，被自己的热度烧得慢慢融化。

他可以听到比提的声音。"坐下，蒙塔格。看着。它纤弱得就像花瓣似的，点燃第一页，点燃第二页。每一页都变成一只黑蝴蝶。美吧，嗯？从第二页再点燃第三页，一页一页，一章一章，把那些字句的所有无聊的意涵，所有虚假的希望，所有二手观念和老掉牙的哲学，烧成一连串的灰烟。"比提就那么坐着，微微冒着汗，地板上散落着一堆堆死于一场风暴中的焦黑飞蛾。

米尔德里德停止了尖叫，就跟她开始尖叫时一样仓促。蒙塔格并没有听她在叫些什么。"只有一个法子，"他说，"今晚我把书交给比提之前，我得弄出一本复制品。"

"今晚那几个女人过来看'白色小丑'，你会在家吧？"米尔德里德喊道。

蒙塔格停在门前，背对着她。"米莉？"

沉寂。"什么事？"

"米莉？'白色小丑'爱你吗？"

没有回音。

"米莉……"他舔舔唇，"你的'家人'爱你吗？非常爱你，全心全意爱你吗，米尔德里德？"

他感觉出她在他颈背后方慢慢眨动眼睛。"你怎么会问这么可笑的问题？"

他感到想哭，但是他的眼睛和嘴却不肯有反应。

"要是你看见那条狗在外面，"米尔德里德说，"替我踢它一脚。"

他踌躇着，在门前倾听。他打开门，跨出去。

雨已止歇，日头在晴朗的天际西斜。街道、草坪和门前空荡荡的。他长长吁了口气，使劲关上大门。

他在地铁上。

我没有知觉，他心想。我脸上，我体内的麻木究竟是几时开始的？打从我在黑暗中踢到药瓶子，就像踢中一块深埋的矿脉似的，那个晚上。

这麻木感会消失的，他心想。得花些时间，但是我会办到，要不然费伯也会帮我办到。总会有人还我原有的那张脸，那双手。甚至笑容，他心想，如今已消失的那种发自内心的笑容。没有它，我茫然无主。

地铁通道飞快掠过，奶白色瓷砖，漆黑，奶白色瓷砖，漆黑，数字和黑暗，更多的黑暗和累积的总数。

童年时期，一个亮蓝炙热的夏日里，他曾经坐在海边一座灰黄的沙丘上，拼命想把一个筛子装满沙子，因为有个刻薄的表哥说："把这筛子装满，你就可以得到一毛钱！"结果他装得越快，沙子也热烫烫的唰唰漏得越快。他的手累了，而沙子烫人，筛子是空的。坐在七月中的骄阳下，他感到泪水无声淌落他的面颊。

此刻，真空地铁载着他穿越城市死寂的地窖，颠簸着，他忆起了那只筛子传达的可怕逻辑，他往下望，看见自己公然拿着那本《圣经》。地铁火车上坐着一些人，他突然兴起一个愚蠢的念头，要是快速读完整本的《圣经》，或许有部分沙子会留存在筛子里。但是他读着，字句却漏过筛孔，他心想，再过几个钟头就得面对比提，我得把书交给他，所以我绝不能遗漏任何一个词句，必须牢记每一行字。要凭意志力做到。

他双手紧握着书。

喇叭声刺耳地响起。

"丹汉牙膏①。"

闭嘴，蒙塔格心想。你想野地里的百合花。②

"丹汉牙膏。"

它们不劳作——

"丹汉……"

你想野地里的百合花。闭嘴，闭嘴。

"牙膏!"

他猛然掀开书，翻着书页，仿佛盲人似的摸索着，挑

① Denham's Dentifrice，作者杜撰之广告词。
② 语出《圣经·新约·马太福音》第 6 章第 28 节。

拣个别字母，眼睛眨也不眨。

"丹汉。拼法：D—E—N—"

它们不劳作，也不……

炙热的沙子唰唰漏出空的筛子。

"丹汉办到了!"

你想百合花，百合，百合……

"丹汉漱口水。"

"闭嘴，闭嘴，闭嘴!"这是个哀求，是一声呐喊，凄厉得令蒙塔格发觉自己站了起来。嘈杂的地铁车厢内，惊愕的乘客张大了眼睛，退避这个神情疯狂而愤懑，发干的嘴巴喋喋不休，手里翻弄着书的男子。这些乘客片刻之前还坐着，随着丹汉牙膏、丹汉上等漱口水、丹汉牙膏牙膏牙膏，一二、一二三、一二、一二三，脚下打着拍子。这些乘客原本嘴角微微抽搐，念着牙膏牙膏牙膏。火车上的收音机报复似的冲蒙塔格吐出大量的锡、铜、银、铝和黄铜等金属做成的音乐。乘客们被敲击声震得顺服了；他们没有逃，无处逃；巨大的气压式火车在地底下将它的柱形车身慢慢减速。

"野地里的百合花。"

"丹汉。"

"我说百合!"

乘客瞠目。

"叫警卫。"

"这个人失……"

"丘景站!"

火车嘶嘶停下。

"丘景站!"一声呼叫。

"丹汉。"一声低语。

蒙塔格的嘴几乎未动。"百合……"

火车门咻的一声打开。蒙塔格站起身。车门叹了口气,
开始关上。他这才跃过其他乘客,脑中尖叫着,及时冲出
正要关合的车门。他踩着白色瓷砖奔出地下道,没有理会
升降梯,因为他想感觉自己的脚在动,胳膊甩摆,肺部抽
紧、放松,感觉他的喉咙被空气灌得发干。一个声音自他
身后飘至,"丹汉丹汉丹汉。"火车宛如一条蛇嘶嘶作响。
火车消失在它的洞孔内。

"哪一位?"

"我是蒙塔格。"

"你有什么事?"

"让我进去。"

"我什么也没做!"

"我是一个人来的，妈的！"

"你发誓？"

"我发誓！"

前门慢慢打开。费伯往外窥看，光线下他显得非常苍老，非常孱弱，而且非常害怕。老头儿的模样有如多年足不出户似的，他和屋内的白色灰泥墙壁相酷似。他嘴上的肉泛白，面颊和头发是苍白的，眼睛也褪了色，淡淡的蓝眼珠也带着白点。而后，他的目光触及蒙塔格腋下的那本书，模样不再显得那么苍老、那般孱弱了。渐渐，他的恐惧褪去。

"对不起，人总得小心些。"

他望着蒙塔格腋下的书，无法移开目光。"看来是真的。"

蒙塔格跨入屋子。前门关上。

"坐下。"费伯往后退，仿佛担心自己若是移开目光，那本书就会消失。他身后，一间卧室的房门敞开着，房间里有些机器和钢制工具零乱散置在一张桌面上。蒙塔格只瞥上一眼，因为费伯瞧见蒙塔格注意力转移，立刻回身关上卧室房门，然后就那么站着，颤抖的手握着门把。他目光闪烁地回到蒙塔格身上；这时蒙塔格已坐下，书放在腿上。"这本书……你是打哪儿……"

"我偷来的。"

费伯这才抬起目光，头一回正视蒙塔格的脸。"你很勇敢。"

"不，"蒙塔格说，"我太太快死了。我的一个朋友已经死了，还有个原本可能会是朋友的人在不到二十四小时之前被烧死了。在我认识的人当中只有你可能帮助我。帮助我理解，理解……"

费伯的双手在膝盖上蠢蠢欲动。"我可以看看吗？"

"抱歉。"蒙塔格把书交给他。

"好久了。我不是信徒，不过，好久没见过它了。"费伯翻弄书页，不时停下来阅读，"跟我记忆中一模一样。天，这年头他们在我们的'起居室'里把它整个改头换面了。如今基督成了'家人'。我常常纳闷，上帝是否还认得他那被我们打扮成这副模样的儿子，抑或应该说是把他贬谪成这副德行？如今他是块寻常的口香糖，净是甜腻腻的结晶糖，要不就是假借宗教之名推介特定商品，说它是每一个信徒绝对需要的东西。"费伯嗅闻那本《圣经》。"你可知，书本的气味就像豆蔻或是什么异国香料？我少年时就酷爱闻书。啊，从前，在我们放弃它们之前，曾经有过许多许多好书。"费伯翻弄书页。"蒙塔格先生，你眼前这个人是懦夫。我老早就看出时势所趋，但是我一声未吭。当初没有人肯听那些'罪人'之言时，有些无辜者本来可以挺身疾呼，而我就是这些无辜者之一。但是我并没有开口，因而我自己变成了罪人。等他们终于利用消防员建立了焚书的模式之后，我抱怨过几次却又停止了，因为，到那时，已经没有人跟我一同抱怨或呐喊了。如今一切为时已晚。"费伯合上《圣经》，"呃——你何妨告诉我，你来这儿是为了什么？"

"再也没有人听了。我不能跟电视墙聊天，因为它们只谈我。我无法跟我太太聊天，她只听电视墙。我只希望有人听听我要说的话。要是我说得够久，也许旁人就会听出个道理。而且我希望你教我理解我所读到的东西。"

费伯审视蒙塔格下巴冒着青髭的瘦长脸孔。"你怎么会清醒过来的？是什么原因让你扔下手里的火炬？"

"我也不知道。我们拥有使我们快乐的一切，可我们并不快乐。少了什么东西。我环目四顾，而唯一确知少了的东西，是这十来年间我所烧掉的书。所以我想书或许有助于解决问题。"

"你是个无可救药的浪漫主义者，"费伯说，"要不是事情严肃，否则你的想法真令人发噱。你需要的并不是书，而是书上曾经写过的一些东西。也是如今的'电视家人'原本可以传达的东西。那些细枝末节和知觉意识原本可以透过收音机和电视表现出来，但是却没有。不，不，你要找的东西并不是书！你要找的东西在旧唱片、旧电影、老朋友身上才找得到；要在大自然和自己内心寻找它。书只是储存许多我们生怕自己会忘却的东西的一种容器。书本身毫不神奇，神奇的是书上说的东西，是它们如何将宇宙的一鳞半爪缝缀成一件衣裳。当然你不可能知道这些，我说这些你当然还无法理解。你的直觉是对的，这一点才重要。我们缺少了三样东西。

"第一样：你知道像这样的书为什么如此重要吗？因为它们有质。那么，质这个字又是什么意思呢？在我看来，它代表肌理。这本书有毛孔，它有特征，这本书可以放在显微镜下检验。你会在镜头下找到生命，丰盛无垠。毛孔越多，每一平方英寸所真实记录的生命细节就越丰富，你看见的越多，也就越'有知识'。总之，这是我的定义。清晰的细节。崭新的细节。上等的作家经常触探生命，中等资质的作家轻描淡写它，等而下之的则是强暴它之后，任它招蚊惹蝇。

"现在你明白为什么书遭人憎恨畏惧了吧？它们呈现出生命真相的毛孔。耽逸恶劳的人只要看蜡制的圆脸，没有毛孔，没有毛发，没有表情。我们生存的这个时代是花朵赖花朵维生，而不是靠丰沛的雨水和黑色的沃土生长。就算是烟火，尽管美丽，也来自土壤中的化学物。然而，不知怎的，我们却以为自己可以靠花朵和烟火来成长，无需完成真实的轮回。你知道赫拉克勒斯和安泰俄斯的神话吗？就是那个巨大的摔跤手安泰俄斯，只要他的脚牢牢踩在地上，他就力大无穷。可是等他被赫拉克勒斯举到半空中，双脚离地，他就轻而易举被消灭了。如果这个神话对于今天，这个城市，这个时代的我们不具任何启示，那么我真要疯了。喔，这就是我所说我们需要的第一样东西。质，信息的肌理。"

"那第二样呢？"

"闲暇。"

"哦，可我们有的是空暇。"

"空暇，没错。可是思考的时间呢？你要不是以时速一百英里飙车，快得让人只想得到危险，无法思索其他，就是在玩什么游戏或是坐在房间里，无法跟四面电视墙争论。为什么？因为电视是'真实的'。它是眼前的，它有维度。它告诉你要想些什么，而且强行灌输。它一定是对的。它看起来对极了。它催迫你朝它的结论去思考，你的脑子根本无暇反驳：'胡扯八道！'"

"只有'家人'是'人'。"

"对不起，你说什么？"

"我太太说，书不是'真实的'。"

"幸亏如此。你可以合上书，说：'等一下。'你对书可以扮演上帝。可是一旦你在电视间内种下一粒种子，谁又几曾挣脱过那攫人的爪子？它随心所欲塑造你！它是个就像世界一样真实的环境。它变成了真实。你可以拿出理由驳斥书，可是凭我的一肚子知识和怀疑论，我始终没法子跟那些全彩、三度空间、百人交响乐团争论，没法子走进那不可思议的电视间，变成其中的一分子。你也看见了，我的起居室里只有四面灰泥墙。还有这个。"他取出两枚橡胶小耳塞。"我坐地铁时塞耳朵用的。"

"丹汉牙膏；它们既不劳作，也不纺织，"蒙塔格闭着眼睛说，"我们现在怎么办？书能救我们吗？"

"除非能得到第三样必需品。第一样，我说过：信息的质。第二样：消化信息的闲暇。第三样：依照前两样的互动所获得的知识来行为的权利。可是时至今日，我实在不认为一个糟老头子和一个心生愤懑的消防员能有什么作用……"

"我可以弄到书。"

"你这是在冒险。"

"这正是临死的甜头：人一旦已一无所有，就可以随心所欲去冒险。"

"哎，你说了句名言，"费伯哈哈大笑，"而你并没有读过它！"

"书上有过这种话？可我是想到就说了！"

"那更好。你并不是刻意想出这句话来说给我或任何人，甚至你自己听的。"

蒙塔格倾身凑前。"今天下午我想到，要是书果真值得，我们或许可以弄台印刷机，印制一些复本。"

"我们？"

"你和我。"

"哦不！"费伯坐直了身子。

"先让我把我的计划告诉你……"

"你要是坚持告诉我，我就得请你离开。"

"可是，难道你没兴趣？"

"要是你说了，会害得我被烧死，我就没兴趣。除非消防组织本身会烧掉，我才可能听你说。假如你提议我们多印些书，然后把它们藏在全国各地的消防队上，把怀疑的种子种在这些放火者之间，那么我会说，好极了！"

"栽赃这些书，报警，然后旁观消防队被烧，你的意思是这样吗？"

费伯扬眉望着蒙塔格，好似对他刮目相看。"我是在开玩笑。"

"假如你认为这个计划值得一试，我就必须相信这计划会有帮助。"

"这种事无法打包票！毕竟，当年我们拥有一切需要的书，可仍旧非要找个最高的悬崖往下跳。不过，我们的确需要呼吸器，的确需要知识。或许再过一千年，我们会找个较小的悬崖往下跳。而书是用来提醒我们自己有多么愚昧无知。它们是恺撒的卫队，当游行队伍沿街欢呼之际，它们附耳提醒：'记住，恺撒，您是不免一死的凡人！'大多数人无法周游各地，跟每个人交谈，认识世上所有城市，我们没有那么多时间、金钱或朋友。你要找的东西在世上，蒙塔格，但是一般人只有从书上才可能瞧见九成九。别要求保证，也别指望借任何人、事、机器或书库来获救。要自救才行，就算溺死，起码也知道自己是游向岸边。"

费伯起身，在房间里踱步。

"怎么样？"蒙塔格问。

"你绝对认真？"

"绝对。"

"老实说，这是个阴险的计谋。"费伯紧张兮兮瞥一眼他的卧室房门，"让全国的消防队被当作叛乱的温床烧掉。火蜥蜴吞了它自个儿的尾巴！哦，天！"

"我有一张全国消防员的住址清单。透过地下工作……"

"不能信赖任何人,这是最棘手的部分。除了你我,还有谁肯放火?"

"难道没有像你这样的教授、退休作家、历史学者、语言学家吗?"

"不是作古,就是老掉牙了。"

"越老越好;他们办事不会引人注意。你认识好几十个,承认吧!"

"哦,单仅演员就有好多个,他们已经多年没演过皮兰德娄①、萧伯纳或莎士比亚的作品了,因为这些人的戏剧太知晓这个世界。我们可以利用他们的愤怒。我们也可以利用那些四十年没写过一行字的历史学家的愤怒。真的,我们或许可以创办思考和阅读的课程。"

"好呀!"

"但这只是杯水车薪。整个文化已经千疮百孔,骨骸需要融化再重塑。老天,这事可不像拿起一本半世纪之前搁下的书那么简单。要记住,如今的消防员鲜少需要执行任务。民众自己不再读书了,如今是消防员提供马戏表演,然后群众围聚在着火的建筑四周,观赏漂亮的火景,不过

---

① Luigi Pirandello(1867—1936),意大利诗人、剧作家、小说家。曾获诺贝尔文学奖,代表作为《六个寻找作家的剧中人》。

这只是马戏中的杂耍桥段，并不是绝对必要的。如今没有几个人想要反抗了。而这些少数想反抗的人当中，多数很容易胆怯，就像我自己。你能跳舞跳得比'白色小丑'还快吗？叫得比'秘密先生'和电视间的'家人'还大声吗？如果能，那么你会成功，蒙塔格。无论怎么说，你是个傻瓜。人们在享乐啊。"

"是在自杀！杀人！"

他俩谈话时，一架轰炸机一径朝东方飞行，但是此刻他俩才停下来聆听，感觉那巨大的喷射啸音在他们体内震颤。

"耐心，蒙塔格。让战争解决'家人'，我们的文化正在自我瓦解。避开离心机。"

"一旦瓦解，总得有人做好准备。"

"做什么准备？引述弥尔顿的名句？说我记得索福克勒斯①？提醒幸存者人类也有他善良的一面？他们只会拿石块彼此扔掷。蒙塔格，回家去吧。睡觉。何苦浪费你残余的时光在笼子里奔窜，否认自己是只松鼠？"

"这么说来，你再也不在乎了？"

"我在乎得心痛。"

---

① Sophocles（前 490—前 406），古希腊三大悲剧作家之一。

"可你不肯帮助我?"

"晚安,晚安了。"

蒙塔格的手拿起《圣经》。他瞧见自己的手所做的事,露出诧愕之色。

"你可愿意拥有这本书?"

费伯说:"我宁舍右臂来交换它。"

蒙塔格兀立等待下一个动作发生。他的双手,就像合作无间的两个人,径自开始撕下书页。那双手撕去扉页,接着撕下第一页、第二页。

"白痴,你在做什么!"费伯一跃而起,仿佛挨了一记闷棍似的。他蹒跚扑向蒙塔格。蒙塔格挡开他,让自己的双手继续撕。又有六页飘落地板上。他捡起它们,在费伯目睹之下将它们揉成团。

"别,哦,别这样!"老头儿说。

"谁能拦阻我?我是消防员,我能烧死你!"

老头儿站在那儿望着他。"你不会的。"

"我能!"

"这书,别再撕了。"费伯跌坐在一张椅子上。他脸色刷白,嘴唇颤抖。"别让我感到更疲累。你要怎么样呢?"

"我需要你教我。"

"好,好。"

蒙塔格放下书。他打开揉成团的书页，摊平它，老头儿疲惫地望着。

费伯甩甩头，仿佛醒过来似的。

"蒙塔格，你有钱吗？"

"有一点。四五千块。干吗问这个？"

"把钱带来。我认识一个人，半世纪之前他替我们那所学院做印刷。就是那一学期开始我去上课，发现只有一名学生选修埃斯库罗斯①以及奥尼尔的戏剧。你明白吧？那情形多么像一座美丽的冰雕，在阳光下融化。我记得当时报纸就像巨大的飞蛾渐渐死去。没有人要它复生。没有人怀念它。之后，政府看出民众只看香艳暴力的东西是多么有利的事，于是运用你们这些吞火员来管制情况。就这样，蒙塔格，才有了这位失业印刷匠。我们或许可以先印几本书，然后等待战争来打破现有的生活模式，提供我们所需要的动力。只要扔下几枚炸弹，所有家庭电视墙上的'家人'都会像哑剧里的小丑，闭上嘴巴！趁着静默，我们的自言自语或许会让人听得见。"

他俩兀立望着桌上的书。

"我试过背下它，"蒙塔格说，"可是，妈的，一转头就

_____

① Aeschylus（前 525 或 524—前 456 或 455），古希腊三大悲剧诗人之一。

忘了。噢，我真希望有话可以反驳队长。他读的书够多，任何问题他都有答案，总之看起来是这样。他满口甜言蜜语，我真怕自己会被他说动，回复老样子。就在一星期之前，我灌注煤油喷管的时候，还心想：噢，真有趣！"

老头儿点头。"不事建设的人必定破坏。这就跟历史和少年犯一样，自古皆然。"

"看来我就是这种人。"

"我们每个人都有一点儿这种倾向。"

蒙塔格移步走向前门。"今晚你能设法帮我个忙吗？应付消防队长。我需要一把伞遮雨。他要是再跟我说教，我真怕自己会沉溺。"

老头儿不作声，但又一次紧张兮兮瞥一眼他的卧房。蒙塔格注意到他的目光。"怎么了？"

老头儿深吸一口气，屏住，吐出。他又深吸一口气，阖眼，嘴唇紧闭，久久才吐出。"蒙塔格……"

老头儿终于转身，说："跟我来。原本我真会让你就这样走出我家，我的确是个懦弱的老笨瓜。"

费伯打开卧室房门，让蒙塔格进入一间斗室，里面摆了一张桌子，桌上放着许多金属工具，周围零乱散置着一些精细的电线、小线圈、线轴和水晶玻璃。

"这是什么？"

"这是我贪生怕死的证据。多年来我一直独居，对着墙壁空思幻想。玩电子装置、无线电传送，成了我的嗜好。我的懦弱是那么痛苦，反而彰显了活在这种懦弱阴影下的革命精神，所以我不得不设计了这个玩意。"

他拿起一件小小的绿色金属物，尺寸不超过点二二子弹。

"这些都是我花钱购置的——哪来的钱？当然是玩股票，这是失业知识分子仅有的庇护之道。总之，我玩股票，购置了这一切，然后等待。我心惊胆战等待了半生，等待有个人跟我说话。我不敢跟任何人说话。那天在公园里我们并肩相谈之后，我就知道总有一天你会来，或许带着喷火管，或许带着友谊，猜不准。这件小东西我已准备了几个月。可是我差点儿就让你走掉了，我就是有这么害怕！"

"这东西看起来像个海贝无线电收音机。"

"不只收音！它还会放音！只要你把它塞入耳中，蒙塔格，我就可以悠悠哉哉坐在家中，一面暖和我这身畏惧的老骨头，一面聆听和分析消防员的世界，找出它的弱点，而自己安枕无忧。我是女王蜂，安然待在巢中。你则是雄蜂，是活动的耳朵。将来，我可以运用各种不同的人，把这种耳朵安装在城内各处，聆听，分析。就算雄蜂死了，我仍旧安坐家中，拿最大的安适和最小的风险来安抚我的畏惧。明白我玩得多安稳，我是多么可鄙了吧?"

蒙塔格把绿色弹丸塞入耳中。老头儿也将一个类似的物件塞入他自个儿的耳中，然后动唇。

"蒙塔格!"

声音在蒙塔格头颅内响起。

"我听见了!"

老头儿呵呵笑了。"你的声音也很清楚!"费伯小声说，但蒙塔格听到的声音却很清晰。"等时候到了你就去消防队。我会陪着你，我们一起听听这位比提队长说些什么。他也可能成为我们的人，天知道。我会教你说什么，我们会给他好看。你会不会因为我的懦弱而恨我? 我打发你独个儿去涉险，而我却躲在后方，用这双可憎的耳朵替你聆听，好让你去上断头台。"

"我们各有各的事要做，"蒙塔格说。他把《圣经》搁在老头儿手中。"拿去，我愿冒险交给他们一本替代品。明天……"

"我会去看那个失业印刷匠；这件事，我起码还办得到。"

"晚安，教授。"

"别道晚安。这一夜我会一直陪着你，你需要我的时候，我会是只搔你耳朵的蚊子。不过，还是祝你好运，晚安。"

屋门打开又关上。蒙塔格再度回到黑暗的街道上，望着世界。

那天晚上，可以感觉出战争正在天际酝酿。乌云时散时聚，数不清的繁星就像敌方的飞碟在云朵间游移隐现，天空随时可能陨坠将城市化为白灰，还有月亮如一团红色火球升起；这就是那天晚上给人的感觉。

蒙塔格口袋里揣着钞票走出地铁车站（他已去过银行，银行全年二十四小时开放，夜间有机器出纳员负责业务），他边走边聆听耳中那枚海贝无线电收音机……"我们已动员了百万兵力。万一战争爆发，我们将迅速获胜……"

"其实动员了千万兵力，"费伯的声音在他的另一只耳朵里小声说，"可是号称百万，让人高兴些。"

"费伯？"

"什么事？"

"我没有用脑子思考。我只是听话办事，还是老样子。你说去拿钱，我就去领了。我自己并没有真正思考这件事。我几时才会开始自己想清楚问题？"

"你已经开始了，从你刚才说的那段话就已经开始了。你得信赖我。"

"我以前也信赖别人！"

"没错，可瞧瞧我们现在要做什么。你会有一阵子得盲目摸索。你可以扶着我的胳膊。"

"我不希望改弦易辙后还只是听话办事。要是这样，就没必要改变。"

"你已经是明白人了！"

蒙塔格感觉他的双脚拖着他沿人行道走向他家。"继续说话。"

"要不要我读一段书？我来读，你就会记住。我晚上只睡五个钟点。无事可做。所以，要是你愿意，晚上我可以读书读到你睡着。据说，即使睡着了，只要有人在耳边讲述，你也会获得知识。"

"好啊。"

"这是，"隔着城市，自远远的另一端传来细微的翻页声。"《约伯记》。"

天上明月初升，蒙塔格走着，嘴唇微微蠕动。

晚上九点，他正在吃简餐，玄关内响起计算机门声，米尔德里德从电视间飞奔而出，就像维苏威火山爆发时，居民仓皇躲避似的。菲尔普斯太太和鲍尔太太进入大门，旋即手拿着一杯马提尼消失在火山口。蒙塔格搁下刀叉。

她们就像一盏巨型水晶吊灯，叮叮当当众声齐鸣，他仿佛看见她们乐得像柴郡猫①般的笑容灼穿屋子的墙壁，而此刻她们正在电视间内彼此尖声叫嚷。

蒙塔格发现自己不知怎的已站在电视间门口，嘴里还留着未咽下的食物。

"大家气色真好呢!"

"真好。"

"你的气色不错，米莉!"

"不错。"

"大家气色都好极了。"

"好极了!"

蒙塔格兀立注视着她们。

"耐心。"费伯悄声说。

"我不该在这儿，"蒙塔格喃喃道，几乎是自语似的，"我该带着钱回到你那儿。"

"明天还有得是时间。小心!"

"这节目真好看哦?"米尔德里德嚷道。

"真好看!"

一面电视墙上，一名女子微笑着，同时啜饮着橘子汁。

———————————

① Cheshire Cat，《爱丽丝漫游奇境记》中的角色，脸上总是挂着巨大的微笑。

她是用什么法子同时做出两个动作的？蒙塔格疯狂地思忖。另外两面电视墙上，同一名女子的 X 光片显示出那提神醒脑的饮料注入她活络的胃部的过程！猝而，房间仿佛乘着火箭飞入云端，栽入一片柠檬绿色的海水中，海水里蓝色的鱼吃着红黄色的鱼。过了一分钟，三名白色卡通小丑随着一波波巨大的哄笑，砍断彼此的四肢。又过了两分钟，房间冲出城，只见一辆辆喷射汽车绕着一座圆形体育馆疯狂飞驰，彼此冲撞，倒开，再冲撞。蒙塔格瞧见许多躯体飞入半空。

"米莉，你看见了吗？"

"我看见了，我看见了！"

蒙塔格伸手到电视墙内，拉下总开关。影像顿时消失，就像养了一缸子歇斯底里的鱼的巨大水晶鱼缸内的水被放光了。

三名妇女慢吞吞回过头，望着蒙塔格，目光先是毫不掩饰恼怒之色，继而转为嫌恶。

"你们认为战争几时会爆发？"他说，"我注意到你们的丈夫今晚都没来？"

"哦，他们来来去去，"菲尔普斯太太说，"三天两头进出芬尼根，昨天军方才把彼得召回去。下星期他就会回来，军方说的。战争很快就会结束，他们说只要四十八小时，然后大家就可以回家了。彼得昨天奉召入营,他们说下星期他就会回来。很快……"

三个女人坐立不安,紧张地望着空荡荡的泥巴色电视墙。

"我倒不担心,"菲尔普斯太太说,"我让彼得去操心。"她吃吃笑,"我都让彼得去穷操心。我可不,我不担心。"

"是啊,"米尔德里德说,"让彼得去操心。"

"他们说,死的向来是别人的丈夫。"

"这话我也听说过。我所知道的男人从没有死在战场上的,跳楼身亡倒是有。就像上星期格洛丽亚的丈夫,可是战死的?不是。"

"没有战死的,"菲尔普斯太太说,"总之,彼得和我常说,不掉泪,不来这一套。我们两个都是三度结婚,都很独立。要独立,我们常说。他说:要是我死了,你只管活下去,别哭,但是要再结婚,别想我。"

"这倒提醒了我,"米尔德里德说,"昨晚你有没有看克拉拉·达夫的五分钟罗曼史节目?嗯,故事是讲一个女人,她……"

蒙塔格一声不吭,就那么兀立望着这几个女人的脸孔,就像童年有次他走进一座陌生的教堂,望着教堂内圣徒们的面孔。那些个搪瓷雕像的脸孔对他而言毫无意义,不过他跟他们说话，而且在那间教堂里站了好久，想要信仰那个宗教，想知道那是什么宗教，想尽量把教堂内呛鼻的香烛和特殊的尘灰吸入肺部，进入他的血液，好让自己觉得被那些有着瓷眼珠、血红色嘴唇的各色各样男男女女所代表的涵意感动。但是没有，什么感觉也没有；那就像是闲逛一家商店，而他的钱币在那儿是陌生的，派不上用场，他的热情是冷漠的，即使他触摸那木材、灰泥和黏土时也一样。此刻，在他自己家中的起居室内，情况亦然；这些女人在他的注视下坐立不安，点香烟，吐烟圈；摸弄她们晒得如火的头发，检视她们红焰似的指甲，仿佛那指甲被他的目光烧着了。她们的脸孔因沉默而变得怔忡不宁。听到蒙塔格咽下他最后一口食物的声音，她们倾身凑前。她们聆听他灼热的呼吸声。房间内三面空荡荡的电视墙这时就像沉睡巨人的苍白眉毛——空洞无梦。蒙塔格觉得假如摸摸这三道呆瞪的眉毛，会感到指尖有一层咸咸的汗水。那汗水随着静默和这几个紧张至极的女人体内及周遭依稀可闻的颤抖声而积聚。她们随时可能发出劈劈啪啪的嘶声，爆炸。

蒙塔格动唇。

"我们聊聊。"

几个女人突然抽搐一下，瞠目结舌。

"你的孩子们好吗，菲尔普斯太太?"他问。

"你知道我没有孩子! 天知道，只要是头脑清楚的人，都不会生孩子!"菲尔普斯太太说，她也弄不清自己为什么恼恨这个男人。

"我倒不这么认为，"鲍尔太太说，"我剖腹生了两个孩子。没必要为了个孩子吃那么些苦头。人类必须繁衍，你知道，种族必须继存。况且，有时候孩子长得活像自己，那感觉真好。两次剖腹生产制造了奇迹，真的。我的医生说:不必用剖腹生产，你的臀部适合自然生产——一切正常;可是我坚持。"

"不管是不是剖腹，孩子会坏事;你是心神错乱。"菲尔普斯太太说。

"我十天有九天把孩子扔在学校。他们每个月回家三天，我容忍他们，蛮好的啊。你把他们丢到电视间，扭开开关。就像洗衣服，把脏衣服塞进洗衣机，关上盖子。"鲍尔太太吃吃笑，"他们一会儿踢我，一会儿亲我。幸好，我可以踹回去!"

几个女人张口露舌，咯咯大笑。

米尔德里德兀坐半晌，之后，看见蒙塔格仍站在门口，她拍拍手。"我们聊聊政治，让盖开开心!"

"好啊，"鲍尔太太说，"上次选举我投票了，跟大家一样，而且我选的是诺贝尔总统。我认为他是有史以来长相最好看的总统。"

"嗯，可是跟他竞争的那个人就差啰！"

"他没什么，不是吗？长得有点儿矮小又不好看，而且他胡子刮得不干净，头发也梳得不整齐。"

"在野党是着了什么魔，竟然推他出来竞选？没有人会让他那么一个矮小家伙跟一个高个子竞选呐。何况——他说话嗫嗫嚅嚅。他说的话有一半我听不见，听见的却又听不懂！"

"他还长得胖嘟嘟的，而且穿衣服也不遮掩他的肥胖。难怪温斯顿·诺贝尔获得压倒性胜利。连他俩的姓名都管用。把温斯顿·诺贝尔①跟休伯特·霍格摆在一道比较十秒钟，大概就可以推算出结果了。"

"胡扯！"蒙塔格嚷道，"你对霍格和诺贝尔又知道些什么！"

"咦，不到半年前他们才在电视墙上出现过啊。一个老是在挖鼻孔，真叫我受不了。"

"呃，蒙塔格先生，"菲尔普斯太太说，"难道你要我们选那样的男人？"

———————————————

① 诺贝尔原文为"Noble"，意为"高贵"，霍格原文为"Hoag"，同"hog"（猪）谐音，这位女士拿此取笑。

米尔德里德笑逐颜开。"你快出去吧，盖，别弄得我们紧张兮兮。"

但是蒙塔格走开之后，不一会儿又回来，手里拿着一本书。

"盖！"

"胡扯，胡扯，全是胡扯！"

"你拿的是什么，那不是一本书吗？我以为这年头都是用影片来作特殊训练呐。"菲尔普斯太太眨眨眼睛。"你要朗读消防员概论？"

"概论，去他的，"蒙塔格说，"这是诗集。"

"蒙塔格。"一声耳语。

"别管我！"蒙塔格感到自己在一阵巨大的嗡嗡隆隆声中旋转。

"蒙塔格，等等，别……"

"你听到她们的话了吗，你听到这些怪物在谈怪物了吗？哦，天呐，你们信口谈别人，谈孩子和自己，谈丈夫和战争，那副论调，妈的，我站在这儿听，简直无法相信！"

"我可没说一句关于战争的字眼，我可告诉你！"菲尔普斯太太说。

"至于诗，我厌恶它。"鲍尔太太说。

"你可曾听过任何一首诗?"

"蒙塔格,"费伯的声音斥责他,"你会搞砸一切。闭嘴,你这傻瓜!"

三个女人全站了起来。

"坐下!"

她们坐下。

"我要回家了。"鲍尔太太颤声说。

"蒙塔格,蒙塔格,拜托,看在上帝的分上,你到底打算做什么?"费伯央求道。

"你何不把你那本小册子里的诗念一篇给我们听,"菲尔普斯太太点头道,"我想一定很有意思。"

"这是不对的,"鲍尔太太哀鸣,"我们不可以这么做!"

"噢,瞧瞧蒙塔格先生,他想念,我知道。只要我们仔细听,蒙塔格先生就会开心,那么一来或许我们就可以再做些别的事了。"她紧张兮兮瞥一眼围绕四周的空洞电视墙。

"蒙塔格,只要你念下去,我就关机,我会离开。"甲虫戳他的耳朵,"这样做有什么好处?你要证明什么?"

"吓破她们的胆子,就这个好处,吓昏她们!"

米尔德里德望着空荡荡的半空。"嗨,盖,你到底在跟谁说话?"

一根银针刺入他的脑子。"蒙塔格，听着，只有一个脱身之法，装作这是个笑话，掩饰，假装你根本没发疯。然后——走到你家的焚化炉，把书扔进去!"

米尔德里德已抢先一着，用颤抖的声音说："女士们，每个消防员每年可以有一次带一本旧书回家，好让他的家人明白书有多么无聊，这种东西会把人弄得多么紧张，多么疯狂。今晚盖带来的意外之喜就是念一篇范文给你们听，让大家明白那些东西有多么迷失! 我们就再也不必费神去想那些废物了，对不对，亲爱的?"

他双手把书压扁。

"说'对'。"

他的嘴照费伯的嘴蠕动。

"对。"

米尔德里德笑着一把夺下书。"呐! 读这一篇。不，我收回这句话。这才是你今天念过的那篇滑稽东西。女士们，你们一个字也不会懂的。全篇嗯嗯啊啊的。念呀，盖，念这页，亲爱的。"

他望着打开的那一页。

一只苍蝇在他耳中轻轻鼓翼。"念。"

"诗名叫什么，亲爱的?"

"多佛海岸。"他的嘴麻木。

"好，用清脆的声音慢慢念。"

房间灼炙，他全身火热，他全身冰冷；她们坐在一片空无的沙漠中，而他站着，摇晃着，他等待着菲尔普斯太太停止拉平她的洋装下摆，等待鲍尔太太把指头从头发上拿开。接着，他开始用迟缓、结巴的声音朗读，而随着他一行一行念下去，他的声音渐渐坚定有力，越过沙漠，进入空白，缭绕着坐在炙热空无中的三个女人。

信心之海

曾经，也是盈满的，环绕大地之岸

像一条亮丽腰带的皱褶，卷起。

而如今只听得

它忧郁、悠长、退却的涛声，

随着夜风的气息，

退向无垠的苍凉边际，

和世界赤裸的屋宇。

椅子在三个女人的身体下吱呀作响。蒙塔格把诗念完。

啊，爱，让我们真诚

相待！因为这世界，看似

一块梦土，横陈眼前，

这般多样，这般美丽，这般新奇，

而其实，既无喜悦，亦无爱或光明，

没有确信，祥和或救助，可治疗痛苦；

我们俨如置身一片黑暗平原，

处处挣扎和奔逃的凄惶惊恐，

而无知的军队夤夜遭遇。

菲尔普斯太太哭了。

沙漠中央的其他人望着她哭声转为号啕，她的脸孔扭挤变形。她们呆坐着，没去碰她，对她的表现感到迷惘惶惑。她泣不成声，蒙塔格自己也呆愕震惊。

"嘘，嘘，"米尔德里德说，"没事，克拉拉，听话，克拉拉，别这样！克拉拉，出了什么事？"

"我——我，"菲尔普斯太太泣声道。"不知道，不知道，我实在不知道，噢，噢……"

鲍尔太太站起身，瞪着蒙塔格。"你看吧？我就知道，这正是我要证明的事！我就知道会发生这种事！我一再说诗会带来眼泪，诗会造成自杀、哭泣和极不好的感受，诗是病态的；净是废话！这下子我得到证明了。你真恶劣，蒙塔格先生，真恶劣！"

费伯说："现在就去……"

蒙塔格感到自己转身走向壁槽，把书扔进铜质槽孔，落入等候着的火焰中。

"无聊的话，无聊的话，无聊又伤人的话，"鲍尔太太说，"人为什么要伤人？世间的伤害还不够，你还非要拿那种玩意来捉弄人！"

"克拉拉，听话，克拉拉，"米尔德里德央求着，扯着她的胳膊，"好了，我们开开心心，你去把'家人'打开。只管去。我们快快乐乐笑笑，别哭了，我们热闹一下！"

"不，"鲍尔太太说，"我这就回家。你们想到我家看我的'家人'，没问题。可这辈子我绝不再踏进这个消防员的精神病院！"

"回家去吧，"蒙塔格平静地凝视她，"回家去想想你的第一任丈夫跟你离了婚，第二任丈夫开快车撞死，第三任丈夫饮弹自杀，回家去想想你做过的那十来次堕胎，想想这些，还有你那该死的剖腹生产和恨透了你的孩子们！回家去想想这一切是怎么发生的，想想你做过什么来阻止它发生？回家，回家去！"他吼道，"免得我揍昏你把你踢出去！"

房门砰的甩上，屋子里空荡无人。蒙塔格独个儿兀立在冬寒中，只有颜色如脏污的雪的电视墙陪着他。

浴室内，水哗哗流着。他听到米尔德里德把安眠药丸倒入手中。

"傻瓜，蒙塔格，傻瓜，傻瓜，哦天，你这愚蠢的傻瓜……"

"闭嘴!"他掏出耳中的绿色弹丸，揣入口袋。

它微弱嘶响。"傻瓜……傻瓜……"

他搜索屋子，找到米尔德里德堆在冰箱后面的那些书。有些书不见了，他知道她已开始慢慢将她屋子里的炸药一枚一枚卸除。但如今他不生气了，只感到精疲力竭，对自己困惑不解。他把书搬到后院，藏在靠近巷子的树篱中。只藏这一个晚上，他心想，以防她决定再烧书。

他回到屋内。"米莉?"他朝黑漆漆的卧室房门唤道。没有声响。

屋外，越过草坪，上班途中，他强捺着不去看克拉莉丝·麦克莱伦的家一片漆黑、废弃的模样……

进城的路上，他因为犯下了严重错误感到孤单无靠，觉得需要那夜里熟悉而温文的说话声所带来的陌生的温暖和善意。才短短数小时，他已觉得好似认识费伯一辈子。如今他知道自己是两个人，尤其，他是个一无所知，甚至不知道自己是个傻瓜，只不过有此怀疑的蒙塔格。他还知道他也是那个老头儿，当地铁火车从夜晚的城市这一端嗤喘着一口冗长又令人作呕的气驶向另一端之际，那个不断跟他说话的老头儿。往后的日子里，还有无月的夜晚和明月映照大地的夜晚，老头儿都会持续不断这样说着，说着，一点一滴，片片段段说着。到最后他的脑子会满溢，他将不再是蒙塔格，这是老头儿跟他说的，保证的，允诺的。他将是蒙塔格兼费伯，水火同源，将来有一天，待一切无声交混、闷烧、融合之后，将不再有水有火，只有醇酒。从两个各别而相斥的物体，产生第三个物体。而有一天，他会回顾往日的那个傻瓜，了解那个傻瓜。即使此刻，他已可以感觉到这漫漫旅途正起步，启程，渐渐离开他原本的自我。

聆听甲壳虫的嗡吟、困倦的蚊吟声和老头儿的喃喃低语，感觉真好；老头儿先是斥责他，之后，到了深夜，他步出热烘烘的地铁车站，走向消防队的世界，老头儿又安慰他。

"可怜啊，蒙塔格，可怜啊。别跟他们争论，唠叨不休；你自己前不久还跟他们一样啊。他们自信会永续不绝。但是他们不会的，他们并不知道这世界只不过是太空中一个燃烧着美丽火焰的巨大陨星，总有一天它会遭撞击。他们只看见火焰，漂亮的火景，跟你原先的看法一样。

"蒙塔格，我们这些窝在家里，害怕、照料一身弱不禁风的老骨头的老头子，无权批评，然而你差点儿一开始就搞砸了事情。要小心！我在你身边，记住这一点。我了解那是怎么发生的。我必须承认你盲目的发怒鼓舞了我。噢，我觉得自己好年轻！不过，现在——我要你觉得自己苍老，我希望我的怯懦今晚能感染你一些。往后这几个钟头，等你见到比提队长之后，我要你对他小心翼翼，让我替你听他说什么，让我来感觉状况。生存是我们的饭票，别去想那些个可怜愚昧的女人……"

"我看，我大概使得她们多年来从未这么不快乐过，"蒙塔格说，"看见菲尔普斯太太哭，我好吃惊。也许她们是对的，也许不去面对问题，以享乐来逃避是最好的做法。我说不上来。我感到愧疚……"

"不，千万不可……要是没有战争，世界是和平的，我会说，行，去享乐！可是，蒙塔格，你千万不可以再回头做个区区消防员。这世界整个出了毛病。"

蒙塔格冒汗。

"蒙塔格，你听见了吗？"

"我的脚，"蒙塔格说，"我移不动脚。我觉得自己蠢极了，我的脚不肯动！"

"听着。放轻松，"老头儿温和地说，"我知道，我知道。你害怕犯错。别怕。人可以从错误中学到教训。老弟，我年轻时硬是跟人卖弄自己的无知。他们用棍子修理我。到了四十岁，我驽钝的工具已经磨得又尖又利。要是你掩饰自己的无知，没有人会修理你，你永远学不到教训。好了，抬起脚，走进消防队！我俩是双胞胎，我们不再孤单，我们不是个别坐在不同的起居室里，彼此没有联系。一旦比提查问你，你要是需要协助，我会坐在你的耳鼓内提醒你！"

蒙塔格感到他的右脚，接着左脚，移动了。

"老头儿，"他说，"陪着我。"

机器猎犬不见踪影。犬舍空的，消防队内灰泥壁一派静默，橘红色"火蜥蜴"沉睡着，煤油躺在它的腹内，喷火管横跨它的两胁。蒙塔格穿过沉寂，触碰铜杆，向上滑入黑暗的半空，他回头看着空荡荡的犬舍，他的心跳几下，停顿，跳几下。费伯像只灰蛾在他耳中暂时睡着。

比提站在升降孔旁边等待着，但是他背对着升降孔，好似并不在等待。

"噢，"他对正在玩牌的几个人说，"又来了个奇怪的畜生，傻瓜是他公认的名字。[①]"

他往一边伸出手，手心朝上，接礼物。蒙塔格把书放

---

① 此语戏仿了莎士比亚《皆大欢喜》第五幕第四场中杰奎斯的台词。

入手心里。比提甚至没瞧一眼书名，拿了书就扔进字纸篓中，然后点燃一支烟。"'稍具智慧者，乃傻瓜之最。'① 欢迎回来，蒙塔格。如今你退烧了，病好了，我希望你会留在队上。坐下来玩一局扑克吧?"

他俩坐下，牌发下。面对比提，蒙塔格感到他双手犯的罪过。他的指头就像只做了什么坏事，此刻怎么也无法安心的雪貂，总是在那儿蠕动、寻觅、藏在口袋内，避开比提被酒精烧红的眼睛的盯视。比提只消对它们吐口气，蒙塔格就觉得他的手会枯萎、瘫毙，再也不会惊醒复生；它们会终生埋在他的外套口袋内，遭人遗忘。因为当初就是这双手自作主张，跟他无关，当初就是在这双手上，良心显形，窃取了书本，跟约伯、路得和威廉·莎士比亚一起逃之夭夭，而这时，在消防队上，这双手似乎布满了血腥。

半个钟头之内，蒙塔格两度起身到厕所去洗手。回来后，他又把双手藏在桌子底下。

比提呵呵笑。"亮出你的手，蒙塔格。倒不是我们不信任你，明白吧，只不过……"

他们哄堂大笑。

---

① 语出约翰·邓恩（John Donne，1572—1631）诗歌《三重傻瓜》。

"噢!"比提说,"危机已经过去了,一切无恙,迷途的羊儿回到羊栏了。我们统统都是曾经迷途的羊儿。我们曾经高唱,要追根究底,真理就是真理。思想崇高的人永不孤单,我们曾经这么跟自己嚷过。'知识的珍馐美味。'菲利普·西德尼[①]爵士这么说。可话说回来,亚历山大·蒲柏[②]却说:'语言文字就像树叶,在它丰累积迭的下方,鲜少寻获理性的果实。'你认为呢,蒙塔格?"

"我不知道。"

"小心!"费伯在遥远的另一个世界悄悄说。

"再听听这一段吧?'一知半解是危险的事。要畅饮缪斯的诗泉,否则涓滴莫沾;浅尝使头脑昏醉,而痛饮使我们恢复清醒。'蒲柏说,同一篇文章。你对这段话有什么看法?"

蒙塔格咬唇缄口。

"我来告诉你,"比提说着,望着手中的牌微笑,"那会使你一时变成个醉汉。读了几行书,你就铤而走险。砰,你打算炸掉这世界,砍人脑袋,修理妇孺,颠覆政府。我知道,我是过来人。"

"我没问题。"蒙塔格惴惴不安说。

[①] Philip Sidney(1554—1586),英国诗人、政治家。
[②] Alexander Pope(1688—1744),英国诗人。

"别脸红。我并不是在揶揄你，真的。你知道吗？一个钟头之前我做了个梦。我躺下来小睡，结果在梦里，蒙塔格，你我为了书激烈争辩。你怒不可遏，扯着嗓门跟我引经据典。我镇定地挡开每一下攻击。人要有力量，我说。你就引用约翰逊博士①的话，说：'知识胜于权力！'我就说：'唔！小伙子，约翰逊博士也说过，"舍确知而取未卜，非智者也。"'坚守消防员的岗位，蒙塔格，其余的一切全是阴晦混沌的！"

"别听他的，"费伯悄悄说，"他想混淆问题，他真狡猾。小心了！"

比提呵呵轻笑。"而后你又引句：'真理终必昭揭，恶行不会久藏！'我就开心地嚷：'哦，天，他只取所好……'又说，'魔鬼也能引《圣经》为己用。'② 你就吼道：'这个时代认为金装草包强过智慧学校的褴褛圣人。'③ 我温言细语：'过多的争辩反而丧失真理的庄严'。④ 你就尖叫：'尸

---

① Samuel Johnson（1709—1784），英国作家，编纂第一本英文辞典《牛津英文大辞典》。
② 以上三句皆出自莎士比亚《威尼斯商人》。
③ 语出英国剧作家托马斯·戴克（Thomas Dekker, 1570—1632）戏剧《老福图内斯特》。
④ 语出英国作家本·琼森（Ben Jonson, 1572—1637）戏剧《喀提林的阴谋》。

骸看见凶手也会流血!'① 我拍拍你的手,说:'怎么,是我给了你一张尖刻的嘴?'你厉吼:'知识就是力量!'又说:'侏儒站在巨人肩膀上看得最远!'我就以罕见的镇定作出我的结论:'瓦莱里②先生说过,把隐喻错当成证据,冗词误以为重要真理,把自己误认作圣贤,这种愚昧是与生俱来的。'"

蒙塔格头晕作呕。他感到自己眉、眼、鼻、唇、下巴、肩膀和挥举的胳膊,在遭到残酷无情的鞭笞。他想呐喊:"不!闭嘴,你在混淆问题,住嘴!"

比提修长的指头猝而伸出,抓住他的手腕。

"天,脉搏跳得真快!我弄得你紧张了是吧,蒙塔格?上帝,你的脉搏跳得就像战争开始的头一天!净是警报和警铃!要不要我再多聊些?我喜欢你这副惊慌的模样。斯瓦希里语,印第安语,英国文学,我统统会说。那可是华而不实的玩意,老兄!"

"蒙塔格,撑住,"飞蛾轻拂蒙塔格的耳朵,"他在搅和!"

"哦,你在梦里吓傻啦!"比提说,"因为我是运用你依

---

① 语出英国作家罗伯特·伯顿(Robert Burton, 1577—1640)《忧郁的解剖》。
② Paul Valéry(1871—1945),法国诗人。

仗的那些书来反驳你，每一招，每一句！书才真是叛徒！你以为它在支持你，结果它却背叛你。旁人也能引用它，而你呢，迷失在旷野中，迷失在名词、动词和形容词的纠结中。梦境结束时，我坐着'火蜥蜴'抵达，说：'跟我走吧？'你坐上车，我们在愉快的沉默中返回消防队，一切归于平静。"比提放开蒙塔格的手腕，任那只手颓然无力落在桌面上。"最后一切圆满无恙。"

静寂。蒙塔格像一尊白色石雕坐着，最后一槌敲击他脑壳的回音缓缓退入黑洞中，费伯在黑洞中静待余音消退。之后，待惊骇的尘埃在蒙塔格脑中落定，费伯才开始温言细语："好了，他把他的话说完了。你必然听进去了。接下来这几个钟头我也会说我的，你也会听进去。你会评断双方的话，决定要往哪边跳，或是坠落。不过我希望那是你的决定，不是我的，也不是队长的。只记住，队长是真理和自由最可怕的敌人，是属于那一群坚定不移的大多数。哦，天，可怕的多数暴力哦！我们是人手一把琴，各弹各的调。现在得由你自个儿来决定要听哪一只耳朵的。"

蒙塔格张口要回答费伯的话，但这时队上的警铃大作，免却了他当众出纰漏。天花板上的警报声响着，房间另一端的报警传真机嗒嗒打出地址。比提队长一只粉红色的手拿着扑克牌，刻意慢吞吞地走向传真机，撕下地址。他草草瞥了一眼，然后揣入口袋。他慢吞吞走回来，坐下。其他人望着他。

"还可以耽搁整整四十秒，让我把你们的钱赢个精光。"比提开心地说。

蒙塔格放下他的牌。

"累啦，蒙塔格？这一把不玩啦？"

"嗯。"

"撑住。嗯，这会儿想想，我们可以待会儿再结束这一把。把你们的牌盖住，快去取装备。立刻行动。"比提又站起身。"蒙塔格，你的脸色不太好。实在不希望你又发烧了……"

"我还好。"

"你会好的。这是件特殊案子，走吧！快去！"

他们跳入半空，紧抓着铜杆，仿佛是一片巨浪上方的最后一个有利位置，继而，令他们惊惶地，铜杆带着他们向下滑入黑暗中，落入那条苏醒的火龙吐纳着的巨口中！

"嘿！"

他们在火蜥蜴的隆隆声和警笛声中转过一个街角，车胎震荡，橡胶吱嚷，亮闪闪的黄铜油箱内煤油晃动，就像巨人腹内的食物翻腾，蒙塔格的指头被从银色扶手上震开，摆向冰冷的空中，风在他齿间呼啸，而他却始终想着那些女人，今晚在他家电视间内那些被五彩霓虹风吹去了谷核的糟糠女人，还有他愚昧地念了本诗集给她们听。活似想用水枪来灭火，多么无理性又疯狂。愤慨一个接一个。怒火一股接一股。他几时才会终止这全然的疯狂，平静下来，真正的平静？

"上路喽！"

蒙塔格抬起目光。比提从不开车，但今晚他却操控方向盘，将火蜥蜴甩过一个个街角，倾身高踞在驾驶宝座上，他宽硕的黑色防火衣往后扑飞，看起来就像只巨大的黑色蝙蝠，飞翔在引擎上方，黄铜号码上方，迎着强风。

"我们去维持这世界的快乐，蒙塔格！"

比提发着磷光的粉红色面颊在漆黑中熠熠生辉，他狰狞地笑着。

"到啦！"

火蜥蜴隆隆疾停，把消防员们甩得跌跌撞撞，摔成一团。蒙塔格兀立凝视着他紧合的指头下冷亮的扶手。

我办不到，他心想。我怎么能执行这件新的任务，怎么能继续再焚书烧屋？我不能进这户人家。

比提带着一身他刚疾驰穿过的风的气味，站在蒙塔格旁边。"到了，蒙塔格。"

消防员们穿着笨重的靴子像跛子似的奔出，悄然如蜘蛛。

蒙塔格终于抬起目光，扭过头。

比提正注视着他的脸孔。

"怎么了，蒙塔格？"

"咦，"蒙塔格慢吞吞说，"我们停在了我家门口。"

第三部分　烈焰炽亮

整条街的住家都亮了灯，打开大门，观赏嘉年华会开始。蒙塔格和比提，一个带着赤裸裸的得意，另一个则无法置信，盯着眼前的屋子，这间即将有火把在里头变戏法，玩吞火特技的马戏场。

"唔，"比提说，"这可是你自找的。老蒙塔格想飞近太阳，可此刻他把自个儿该死的翅膀烧着了。他还纳闷为什么。我早先派猎犬到你家附近，难道暗示得还不够？"

蒙塔格的脸孔全然呆滞，毫无表情；他感到自己的头像一尊石雕，转向隔壁那栋坐落在缤纷花篱中的漆黑屋宇。

比提嗤鼻。"哦，不！你不会是被那个小白痴的那套话给骗了吧？花朵、蝴蝶、树叶、落日，嗯，去它的！这些全记在她的档案表里。咦，想不到，我居然一击中的。瞧瞧你脸上那副难过的表情。几片小草，月有盈缺。真是垃圾。她说这些究竟有什么益处？"

蒙塔格坐在火龙的冰冷防护杆上，把他的头往左边移动半英寸，往右边移动半英寸，左、右、左、右、左、右……

"她什么都明白。她并没有对任何人做任何事。她只是听其自然啊。"

"听其自然,去它的!她让你心神不宁,不是吗?她就是那种该死的行善者,耍弄那套'比你圣洁'的沉默伎俩,他们就靠这本事让别人感到愧疚。你是混账,他们就像午夜升起的太阳,让你在舒服的床上淌汗!"

前门打开;米尔德里德奔下前阶,像做梦似的僵硬地抓着一只手提箱,一辆甲壳虫出租车咻的一声停在街边。

"米尔德里德!"

她身子直挺挺地飞奔而过,她的脸刷白如粉,她的嘴因为没擦唇膏,看不见了。

"米尔德里德,不是你报警的吧!"

她把提箱塞进等候的甲壳虫,爬上车,兀坐喃喃:"可怜的家人,可怜的家人,哦,一切全没了,一切,一切,这下子全没了……"

比提一把抓住蒙塔格的肩膀,甲壳虫以时速七十英里疾驰而去,眨眼行至街道远程,消失。

一阵碎裂声,就像个用凹凸玻璃、镜子和水晶三棱镜做成的梦,片片碎落。蒙塔格悠悠忽忽四处走动,仿佛又一场无法理解的暴风雨吹得他转动身子,看斯通曼和布莱克挥动斧头,击碎玻璃窗,好使空气流通。

一只骷髅蛾窸窣掠过一扇冰冷的黑色纱门。"蒙塔格，我是费伯。你听到我了吗？出了什么事？"

"我出事了。"蒙塔格说。

"多可怕的意外啊。"比提说，"因为这年头人人都知道，绝对肯定，我绝不会出事。其他人会死，我继续活着。没有后果，也没有责任。只不过其实是有的。不过，我们别谈这些，嗯？等到后果临头，一切都太迟了，不是吗？蒙塔格？"

"蒙塔格，你能不能脱身，逃跑？"费伯问。

蒙塔格走着，但并未感觉双脚触着水泥地和夜晚的草地。比提在左近燃亮他的点火器，小小的橘红色火焰吸引他着迷的目光。

"火究竟为什么这么可爱？不管我们是什么年纪，是什么使得它吸引我们？"比提吹掉火苗，又点亮它。"它永恒不停地动；是人类冀望发明，却始终未达成的东西。或者应该说，是近乎永恒不停地动。要是任它持续下去，它会烧尽我们一辈子时光。火是什么？它是个谜。科学家给我们一堆官样名词，什么摩擦，什么分子。可他们其实并不知道，它之所以美丽，是因为它销毁责任和后果。问题太累赘，那就扔进火炉。如今，蒙塔格，你成了累赘。火会把你从我的肩头卸下，干净利落，又稳靠；不会留下任何烂疮。它是抗生素,是美学的,是实际的。"

蒙塔格此刻兀立细看这栋古怪的屋子,因为深夜,因为邻居的交头接耳声,因为破碎的玻璃,而变得陌生的屋子,还有地板上那些不可思议的书,封面给撕掉,像鹅毛似的散落一地,看起来愚昧,实在不值得为它费事,因为它只不过是些黄纸黑字和拆毁的装订。

米尔德里德,一定是了。一定是她看着他把书藏在花丛里,过后把它们搬回屋内。米尔德里德,米尔德里德。

"我要你自个儿办这件事,蒙塔格。不用煤油和火柴,而是用喷火器,一件件处理。你的屋子,你来清理。"

"蒙塔格,你不能跑掉吗?逃走!"

"不行!"蒙塔格无助地嚷道,"猎犬!因为有那只猎犬!"

费伯听见了,而比提,以为这话是对他说的,也听见了。"没错,猎犬就在附近某个地方,所以别轻举妄动。准备好了?"

"准备好了。"蒙塔格打开喷火器上的保险栓。

"放火!"

一股浓烈刺鼻的火的气味喷出,舔上书本,将它们甩向墙壁。他跨入卧室,喷了两次,一对床铺在一阵巨大的嘶嘶声中烧着，那火蕴含的光、热和激情是他始料未及的。他烧了卧室墙壁和化妆台，因为他想改换一切，桌子、椅子，还有厨房里的银器和塑料盘，一切显示出他曾跟一个陌生女子共居在这栋空洞屋子里的证据；一个明天就会忘记他，此刻已经走了，已经忘了他，正独个儿搭车驶过城市，一路让她的海贝收音机充盈耳际、充盈耳际的陌生女子。而照旧，焚烧的感觉是痛快的，他感到自己进入火中，随着火焰掠夺，撕扯，裂成两半，摆脱那愚蠢的问题。假如根本没有解答，那，这下子也没有问题了。火是解决一切的最佳方法！

"还有书，蒙塔格！"

书，像被烤的小鸟儿，蹦跳舞跃，翅膀上红色、黄色的羽毛熊熊燃烧。

继而，他来到电视间，那几只巨硕的白痴怪物，正带着它们空白的思想和空白的梦沉睡着。他分别朝三面空洞的墙壁喷出雷霆一击，那空洞也朝他嘶嘶反击。空洞发出更空洞的啸音，一种无知的凄喊。他试图去想那片曾经上演过空无的空洞，但是他想不起来。他屏息以免那空洞灌入他的肺部。他终止了它可怕的空无，退后，然后给予整个房间一大朵艳黄的火花。遍覆全屋的防火塑料壳迸开，屋子开始随火光颤抖。

"等你办完了事，"比提在他身后说，"你就被捕了。"

屋子里一片红通通的焦炭和黑灰。它睡卧在困倦的灰红色余烬中，一片羽毛般的轻烟掠过，袅袅上升，徐徐在天际来回摇曳。此刻是凌晨三点半。人群陆续返回屋里，马戏团的巨大帐篷已倾圮成焦炭和瓦砾，节目早已结束。

蒙塔格兀立着，颓垂的手中握着喷火器，大块汗渍浸透他的双腋，脸上沾着煤灰。其余的消防员在他后方，黑暗中，等待着，闷烧的地基隐约照亮他们的脸孔。

蒙塔格两度启口，最后终于勉强集中思绪。

"可是我太太报警的?"

比提颔首。"不过她的朋友先已报过警，但是我未予处理。无论如何，你终究会被逮的。你那样自由自在引读诗集，实在很蠢。那是愚蠢的假道学的举动。读了几行诗，就自以为是造物主。你以为有了书就可以凌波虚渡，嘿，这世界没有书也一样过得好好的。瞧它把你整的，陷入泥淖了吧。我只要用小指搅动一下，你就会溺死!"

蒙塔格无法动弹。一场强烈地震已随大火而至，夷平了屋子，而米尔德里德被埋在瓦砾中，他的整个人生也埋在底下，他无法动弹。地震仍在他体内摇晃、颤动，他站在那儿，疲惫、惶惑和狂怒的重荷压得他双膝半屈，任比提攻击他也不抬手抗拒。

"蒙塔格，你这白痴，你这蠢蛋；你为什么真的这么做？"

蒙塔格没听见，他在遥远的地方，跟着他的意念奔逃，他走了，留下这副遍覆煤灰的尸骸在另一个满口谵语的蠢瓜面前摇晃。

"蒙塔格，逃离那儿！"费伯说。

蒙塔格听见了。

比提朝他的头挥出一拳，打得他身子往后转。那枚费伯在里面低语惊呼的绿色弹丸掉落人行道上。比提一把抓起它，眉开眼笑。他把它半塞入耳内，半留在外头。

蒙塔格听到那遥远的声音喊着："蒙塔格，你还好吗？"

比提关上绿色弹丸，揣入口袋。"噢——原来事情比我想的还精彩。我看见你歪头聆听，起先我以为你戴了一枚海贝。可后来你变得聪明伶俐了，我不禁纳闷。我们会追踪这玩意，然后拜访一下你的朋友。"

"不！"蒙塔格说。

他扭开喷火器的保险栓。比提立刻瞥一下蒙塔格的指头，他的眼睛微微睁大。蒙塔格看见那双眼睛里的惊异之色，于是他也瞅望自己的双手，看看它们又做了什么新鲜事。事后回想起来，他始终无法确定究竟是那双手，还是比提对那双手的反应，终于逼使他变成一个杀人者。雪崩的最后一波隆隆声在他耳边轰响，但并未触及他。

比提咧开他最迷人的笑容。"唔，这倒是个找到听众的法子。拿把枪顶着对方，强迫他听你演讲。讲吧。这回要说什么？何不跟我卖弄莎士比亚，你这半瓶醋的假道学？'你的威胁不具恫吓力，凯歇斯，因我配备了这般强大的诚实，所以它们只是无谓的耳边风，我并不重视！'[①] 这话如何？动手吧，你这二手文学家，扣扳机呀。"他朝蒙塔格欺近一步。

蒙塔格只说："我们始终烧得不对……"

"交出来，盖。"比提带着不变的微笑，说。

才说完，他成了一团厉喊着的烈焰，一个蹦蹦跳跳、手舞足蹈、叽哩呱啦的人体模型，不再像个人，不再认得出，只是草坪上一团扭动的烈焰。蒙塔格将液态火焰一股脑儿喷在他身上。一阵嘶嘶声，宛如一大口唾液吐在红热的炉子上，一阵噗噗啵啵声，仿佛一把盐撒在一条恶毒的黑蛇身上，造成剧烈的熔解，形成滚沸的黄色泡沫。蒙塔格闭着眼睛，吼叫，吼叫着，同时拼命想用双手捂住耳朵，阻断声音。比提扑通、扑通，翻滚又翻滚，终于像个烧焦

---

① 莎士比亚《裘力斯·恺撒》第四幕第三场勃鲁托斯的台词，朱生豪译。

的蜡制娃娃蜷缩成一团，寂然不动。

另外两名消防员没有动弹。

蒙塔格强捺恶心感，瞄准喷火器。"转过身子！"

他们转过身子，他们的脸孔是漂白过的肉，淌着汗；他敲击他们的头部，打落他们的头盔。他们倒在地上，一动不动。

一片秋叶飘舞。

他回过身，那只机器猎犬就在那儿。

它从阴影中出现，正掠过草坪的半途，动作是那么轻捷从容，就像是一朵密实的灰黑色烟云，悄然无声吹向他。

它做出最后一跃，从他头部上方足足三英尺的高处扑向蒙塔格，它蜘蛛状的腿向下伸，麻醉针头张开它那一根怒齿。蒙塔格用一团火花攫住它，一朵奇妙的花，拿它的黄色、蓝色和橘色花瓣卷住那只金属物，给它包上一层新壳，这时它撞上蒙塔格，把他连同他手里的火焰枪一起抛向十英尺后方的一棵树干上。他感觉到它挣扎，抓住他的腿，针头刺入片刻，接着火花把猎犬攫到半空中，自关节处炸开它的金属骨架，进出它的内部，喷出一连串的红焰，就像系缚在街面上的烽炮。蒙塔格躺在地上，望着那无生命的活玩意瞎弄着空气，死去。即使到此刻，它似乎仍想回头来找他报仇，完成那一针的注射，而那一剂此刻正慢慢贯透他的腿部肌肉。他完全体会到因为及时抽退，才只有膝盖被一辆时速九十英里的汽车防护杆撞伤的那种既惊骇又庆幸的感受。他不敢起身，他怕自己可能根本站不起来，因为一条腿被麻醉了。一种被麻木掏空成麻木的麻木……

那，现在怎么办？……

街道空荡荡，屋子像一幕古老的舞台布景给焚毁了，其他的屋宅一片漆黑，猎犬在这儿，比提在那儿，另外两名消防员在另一个地方，"火蜥蜴"呢？……他瞅着那辆庞大的机器。那玩意儿也得解决掉。

唔，他心想，我们瞧瞧你的状况有多惨。站起来。慢慢的，慢慢的……行了。

他站了起来，但是他只有一条腿。另一条腿像一截烧焦的松木，是他为了某桩隐秘的罪孽而扛负着的一项惩罚。他把重心放在那条腿上，立刻，无数银针沿着他的腿胫往上扎入膝盖。他啜泣了。快走！快走啊，你，你不能待在这儿！

街上有几间屋子又亮了灯，是由于刚才发生的那些事件，抑或因为争斗之后的异常静寂所引起，蒙塔格也弄不清楚。他一跛一跳绕过废墟，麻木的那条腿拖曳不前，他就抓住它，跟它说话，呜咽，喝令方向，咒骂，央求它在这生死关头替他卖力。他听到好些人在黑暗中呼喊叫嚷。他走到后院和巷弄中。比提，他心想，这下子你不是问题了。你总是说，别面对问题，烧了它。唔，此刻我两样都做到了。别了，队长。

他在漆黑的巷弄中蹒跚而行。

每回他放下那条腿，霰弹枪就在他腿中迸爆，他心想，你是个傻瓜，该死的傻瓜，一个白痴，要命的白痴，该死的白痴，傻瓜，该死的傻瓜；瞧瞧这一团糟，到哪儿去找抹布揩干净，瞧瞧这一团糟，你做了什么？自尊心，该死的，还有脾气，结果你搞砸了一切，才开始你就把一肚子东西吐在每个人和你自个儿身上。可是所有事情一股脑儿发生，一波接一波，比提，那些女人，米尔德里德，克拉莉丝，所有事情。不，这不是借口，不是借口。蠢蛋，该死的蠢蛋，去自首吧！

不，我们要尽可能挽救，尽力收拾残局。既然非烧不可，那就多带几本。对了！

他想起了那批书，又掉回头。纯粹碰碰运气。

他在花园围篱附近原先藏书的地方找到了几本。米尔德里德，天佑她，遗漏了几本。还有四本书藏在原处。夜色中人声哀号，手电筒光束四处晃动。另外几辆"火蜥蜴"

隆隆吼着，引擎声犹在远方，警笛的啸音尖锐地刺过城市。

蒙塔格拿起那四本残留的书，一蹦一跳沿着巷弄逃亡，突然他倒下，仿佛头已被砍，只有身躯趴在地上。他内心有样东西猛然拽住他，令他栽倒。他趴在倒地之处，啜泣着，他双腿交迭，脸孔一个劲儿埋在碎石中。

比提想死。

哭着哭着，蒙塔格明白了这是实情。比提想死。当时他就那么站在那儿，并不诚心想救自己，只是那么站着，取笑，讽刺，蒙塔格心想；而这念头足以遏止他的啜泣，让他停下来喘口气。多奇怪，多奇怪啊，居然这么想死，就这么任人拿着武器，而自己非但不缄口保命，反而一个劲儿跟人家吼叫，取笑人家，把人气得发狂，然后……

远方，奔跑的脚步声。

蒙塔格坐起身子。我们离开这儿。快，起来，起来，你不能坐着！但他仍在哭泣，必须等它结束。此刻，哭泣渐止。他原本无意杀死任何人，甚至比提。他的肉紧箍着他，收缩，仿佛被浸在酸性液体中。他作呕。他看见比提，像一支火把，在草地上抖动，寂然。他咬自个儿的指关节。对不起，对不起，天，对不起……

他想把一切拼回原样，恢复数天前的正常生活模式，回到筛子和沙子、丹汉牙膏、飞蛾呢喃、火星、警报和任务之前的生活，短短数日之间发生了太多事件，就算以一辈子而言，也太多了。

巷子另一端脚步声杂沓。

"起来！"他告诉自个儿，"妈的，起来！"他对那条腿说着，站了起来。那种痛是长钉锥入膝盖骨的痛，过后只是缝纫用的针，再接着是一般用的安全别针，而等他又蹦蹦跳跳了五十步，手握篱笆的长条板时，那种刺痛就像有人洒了一锅烫水在那条腿上。那条腿终于再度属于他，他原本担心奔跑会扭断松软的足踝。此刻，把夜色全吸入他张开的口中，再把它的苍白吐出，将黑暗沉甸甸地净留在他自己体内后，他以稳定持续的小跑步出发了。他双手捧着书。

他想到费伯。

费伯还在那团如今已没有姓名、没有身份、冒着热气的黑焦油里头。他把费伯也焚烧了。突然间他感到惊骇，好似费伯真的死了，就像一只藏在那颗绿色小丸囊中的蟑螂，被烤焦了，而那个将丸囊塞进口袋里的男人，如今只剩下一副用沥青筋腱串连起来的骷髅架。

切记，烧了他们，否则他们就会烧了你，他心想。眼下的情况就这么单纯。

他摸索口袋，钱还在，他又在另一个口袋里找到一般用的海贝，在这凛冽漆黑的凌晨，这城市正透过它自言自语。

"警方通报。通缉令：逃犯藏匿城内。曾违法杀人犯罪。姓名：盖·蒙塔格。职业：消防员。最后现身于……"

他在巷弄中持续跑过六条街区，最后来到一条宽敞空旷的十车道大马路。从巷口望去，马路就像一条无船的河，在高悬的白色弧光灯的刺目光线下结冻。要想越过它，就可能溺死，他觉得；它实在太宽、太空旷了。它是一座没有布景的辽阔舞台，招引他奔过去，在白花花的光线下轻易被瞧见，轻易被捕，轻易遭枪击。

"海贝"在他耳中嗡鸣。

"留意一名奔跑的男子……留意奔跑的男子……留意一名只身步行的男子……留意……"

蒙塔格缩回暗处。正前方有一间加油站，像一大块陶瓷雪白色物体在那儿闪闪发亮，两辆银色甲虫正停靠加油。嗯，要是他想走过那条宽敞的大马路，不用跑的，是镇定从容地走过去，他的模样就必须是干干净净、体体面面的。要是他清洗干净，梳梳头发，会多一分安全，然后再继续上路，去哪儿？

是啊，他心想，我要逃到哪儿？

没有地方。无处可去，没有朋友投靠，真的。除了费伯。继而他才发觉，自己的确正凭着直觉逃向费伯的家。但是费伯不能藏匿他；就算试试也是自杀之举。但是他知道自己还是会去找费伯，待上几分钟。在费伯家，他或许能重新添满他正急速耗竭的对自己生存能力的信心。他只想知道世上还有像费伯这样的人。他想看见这个人还活着，并没有像个装在另一副尸体内的尸体被烧毁。当然，还得留些钱给费伯，让他在蒙塔格逃亡后花。也许他能逃到乡间，在河上生活，或是在河流和公路附近，在田野和山间生活。

一阵咻咻旋转声引得他望向天际。

警方的直升机正从远方升空，远得就像有人把干枯的蒲公英的灰色花头给炸掉了。二十来架直升机在三英里外慌慌张张、摇摇摆摆，犹豫不决，好似被秋天弄糊涂的蝴蝶，接着东一架西一架陆续垂直降落，轻轻摩擦着街道，然后变回甲壳虫，沿着大马路呼啸疾驰，或又突然间跃回空中，继续搜索。

加油站的服务生正忙着应付顾客。蒙塔格从后方挨近，钻入男盥洗室。隔着铝墙，他听到收音机播报："宣战了。"外面正在汲灌汽油。甲壳虫里的人们在交谈，服务生在聊着引擎、汽油和应付的油资。蒙塔格站在那儿，想让自己感觉收音机平静的播报所带来的震惊，但是什么感觉也没有。战争得再等他一两个钟头，等他从他的私人记忆库中想起它。

他洗了手脸，用毛巾擦干，没弄出什么声响。他步出盥洗室，小心翼翼关上门，走入黑暗中，最后再度站在空荡荡的大马路边上。

马路躺在那儿，就像一场他必须获胜的游戏，一条料峭晨风中的保龄球道。大马路干干净净，就像在无名的受害者和无名的杀人者出场之前两分钟的竞技场。辽阔的混凝土河道上方的空气因蒙塔格一个人的体热而颤悸；他的体温居然能造成周身世界振动，委实令人不可思议。他是个发着磷光的靶子；他知道，他感觉到了。而此刻他必须开始散步。

三条街外，几盏前车灯刺目。蒙塔格深吸一口气。他的肺在胸腔内就像灼灼燃烧的金雀花，他的嘴因为奔跑而被吸得发干。他的喉咙味如血腥的铁，他的双脚装了生锈的钢。

那些车灯怎么应付？一旦起步，就得估算那些甲壳虫可以多快驶抵这个地点。唔，到马路对面的距离有多远？似乎有百码。可能不到百码，但还是以这个距离来估算，要是他慢慢走，悠闲地走，大概要花上三四十秒走完全程。那些甲壳虫呢？一旦启动，它们可以在十五秒内驶过这三条街口。这么算来，就算他走到半途开始拔腿跑？……

他迈出右腿，接着左腿，再迈出右腿。他走在空旷的大马路上。

当然，就算马路上完全没有汽车，也无法肯定能安然过街，因为前头四条街口外的高坡上极可能突然出现一辆车，你还来不及喘十口气，它就可能轧过你。

他决定不计算步伐，也不左顾右盼。高悬的路灯好似正午阳光那么的耀目、暴露，也那么的炙热。

他聆听汽车自他右方两条街外加速的声音。它的活动前车灯突然间来回疾动，照到蒙塔格。

继续走。

蒙塔格迟疑了一下，握紧书本，强迫自己不得僵住。他本能地快跑了几步，然后大声自言自语，停下来再度闲步慢走。此刻他已过街到一半，但是那辆甲壳虫的引擎吼声随着加速度而尖亢。

警察，一定是。他们瞧见我了。但是，慢慢走，静静走，别扭头，别看，别显得担心。走，对了，一步一步走。

甲壳虫疾飙。甲壳虫狂嘶。甲壳虫加速。甲壳虫厉吼。甲壳虫声如雷鸣。甲壳虫飞掠而至。甲壳虫似一条呼啸的弹道，自一把隐形来复枪口射出。它时速达一百二十英里。它时速起码一百三十英里。蒙塔格咬紧牙关。疾至的前车灯的热度似乎烧着了他的面颊，刺激得眼睑神经抽动，逼得全身酸汗往外淌。

他开始像白痴似的曳步走，一边喃喃自语，然后他拔腿闷头奔跑。他把腿伸到最大极限，放下，再伸出，放下，缩回，伸出，放下，缩回。天！天！他掉了一本书，步伐稍乱，几乎转身，又改变了主意，继续往前奔，在混凝土的空洞中呐喊着，甲壳虫疾追它奔逃的猎物，还差两百英尺，一百英尺，九十、八十、七十，蒙塔格急喘，双手摆动，两腿抬起放下伸出，抬起放下伸出，呐喊着，叫唤着，此刻他猛然扭头面对刺目的光束，双眼一片花白，甲壳虫也被它自己的光亮所吞噬，此刻只是一支抛向他的火炬；一片咆哮声、喇叭声。此刻——几乎撞上他了！

他踉跄摔倒。

我完了！结束了！

但是摔倒扭转了乾坤。就在撞上他的前一瞬，狂飙的甲壳虫疾转而去。它不见了，蒙塔格平趴在地上，头向下。隐约的嘲笑声随着甲虫抛下的青蓝色废气飘向他。

他的右手伸在头部上方。此刻他抬起那只手，看见中指尖端淡淡印着十六分之一英寸的黑色痕迹，是车胎经过时轻轻轧过的痕迹。他无法置信地望着那道黑印，站起身。

那不是警察，他心想。

他往大马路望去。此刻路上空荡荡的。是一车青少年，什么年纪都有。天知道，这些从十二岁到十六岁的青少年，出外飙车，叫嚣，嬉闹，结果看见一个人，一幕异常的景象，一个男人在散步，稀罕事，于是就说："我们玩玩他。"并不知道他就是逃犯蒙塔格先生，他们只是一群孩子，趁着有月光的几个钟头跑出来飙车五六百英里，打发漫长的夜晚，他们的脸孔给风刮得冰冷，然后到了天亮再回家或不回家，或活或死，这正是冒险的刺激之处。

他们原本会撞死我，蒙塔格心想。他身子摇晃，空气依旧带着灰沙扯弄他，在他周遭颤动，拂弄他的脸颊。平白无故，他们原本想撞死我。

他朝对面的马路边走去，命令每一只脚走路，继续走。不知怎的他已拾起散落的书，他并不记得弯过腰或碰过它们。他不停地换手拿它们，仿佛它们是一副令他想不透的扑克牌。

不知道是不是他们撞死了克拉莉丝？

他停下来，他的脑子又大声说了一遍。

不知道是不是他们撞死了克拉莉丝。

他想追上他们大吼。

他的眼睛淌泪。

是摔倒救了他一命。那辆甲壳虫的驾驶员，看见蒙塔格倒下，凭直觉想到以这样的高速撞上一具人体可能会翻车，车上的人会摔出车外。要是蒙塔格当时保持直立呢？……

蒙塔格倒抽一口气。

大马路前方，四条街口外，那辆甲壳虫已减慢了速度，以双轮回转，此刻正回头逆向疾驰，加速。

但是蒙塔格已不见踪影，已藏身在暗巷的安全处，为了这安全处，他走过了一段漫长的旅程，那是一个小时，还是一分钟之前的事？他兀立夜色中，颤抖着，一面回头望向巷口外，甲壳虫疾驰而过，车轮打滑回到马路中央，一路抛下嗤笑声在它四周的空气中回荡，消失。

蒙塔格在黑暗中移动。前方，他可以瞧见直升机飘落、飘落，就像即将来临的漫漫寒冬的一片片初雪……

屋子寂然无声。

蒙塔格从屋后挨近，蹑足穿过一片沾着浓浓夜露的水仙花、玫瑰和湿草地的气味。他触探屋后纱门，发现它是开着的，钻进门，悄悄经过后廊，聆听着。

布莱克太太，你可是在里头睡觉？他心想。这不是好事，可你丈夫对旁人这么做，而且从不问原因，从不纳闷，从不担心。既然你是消防员的老婆，此刻该轮到你的屋子，轮到你了,以偿还你丈夫不假思索烧毁的所有屋子和伤害过的人。

屋子并未答腔。

他把书藏在厨房内,然后从屋里回到巷弄中,他回头望,屋子依旧漆黑静寂,沉睡着。

穿过城市的途中,直升机像一片片撕碎的纸张在空中摇曳,他从一间夜间打烊的商店外头一座单独的电话亭打电话报警。然后他站在冰冷的夜风中,等待着,远远的,他听见火警的警笛响起,"火蜥蜴"正赶来,趁布莱克先生出外执行任务之际,赶来烧掉他的屋子,让他太太站在晨风中颤抖,而屋顶陷落在烈焰中。不过此刻,她仍在睡梦中。

晚安,布莱克太太,他心想。

"费伯!"

又一声敲门,一声轻唤和漫长的等待,之后,过了一分钟,费伯的小屋内闪现一盏小小的灯火。又隔了一会儿,后门打开。

他俩在幽冥的光线中兀立对望。费伯和蒙塔格,仿佛彼此不相信对方的存在。继而费伯移动,伸出手,抓住蒙塔格,将他带入屋内,让他坐下,然后回头站在门口,倾听。远远的，警笛在清晨中呜呜。他回到屋内，关上后门。

蒙塔格说："我是个彻头彻尾的傻瓜，我不能久留。我正要去天知道什么地方。"

"起码你是个做对了事的傻瓜，"费伯说，"我以为你死了。我给你的通话丸……"

"烧掉了。"

"我听到队长在跟你说话，接着突然间什么声音也没了。我差点出去找你。"

"队长死了。他发现了通话丸，他听到了你的声音，他想追踪它。我用喷火器烧死了他。"

费伯坐下，半晌没做声。

"天，这是怎么回事？"蒙塔格说，"前个晚上一切还好好的，眨眼间我就发现自己快溺死了。一个人能倒下多少回还活着？我透不过气来。如今比提死了，而他曾经是我的朋友。米尔德里德也走了，我以为她是我太太，可如今我不知道了。还有屋子整个儿烧毁了。我的工作也丢了，我自己正在逃亡，途中我还栽了本书在一个消防员家里。老天，短短一星期我做了些什么啊！"

"你做了你必须做的事。这是冰冻三尺，长久积压的结果。"

"是吧。就算别的事我都不相信了，这一点我相信。我早就感觉到了，我在酝酿什么，我天天做的是一回事，感觉却是另一回事。天，全藏在那儿。我居然没有显露出来，真是奇迹。可如今我把你的生活也搅乱了。他们可能跟踪我到这儿。"

"这是多年来我头一回感到自己活着，"费伯说，"我觉得自己如今做的事早就该做了，有这么一阵子我不害怕了。也许是因为我终于做对了，也许因为我做了件冲动的事，我不愿意在你眼中显得怯懦。我看我得做些更激烈的事，暴露自己，免得又临阵退却，胆怯了。你有什么计划？"

"继续逃亡。"

"你知道战争爆发了吗？"

"我听到了。"

"天，可笑不？"老头儿说，"因为我们有自己的麻烦事，战争反而显得好遥远。"

"我一直无暇思考，"蒙塔格掏出一百元，"我希望把这些钱搁在你这儿。等我走了之后，只要派得上用场，只管用它。"

"可是……"

"我可能到中午就成了死人。拿去用吧。"

费伯点头。"你最好尽可能朝河边逃，沿着河走，要是你到得了通往乡间的旧铁路，顺着它逃。尽管这年头可以说所有东西都能升空，铁道多半废弃了，但铁轨仍在那儿生锈。我听说仍旧有一些游民营，这儿那儿，遍布全国；他们管它叫做活动营，只要你持续走得够远，多留意，据说从此地到洛杉矶之间的铁道上还有许多老哈佛的文人。他们多数是都市里的通缉犯。我猜想他们还活着，人数不多，我猜想政府不认为他们会带来多大的危险，不值得进入乡间追捕他们。你或许可以跟他们一起藏匿一阵子，然后到圣路易斯跟我联络。我要搭今早五点的巴士动身，去那儿看望一个退休印刷匠，我终于要暴露自己了。这笔钱会用在刀口上。谢了，愿上帝保佑你。你要不要睡个几分钟再走？"

"我还是快逃得好。"

"我们先查看一下情况。"

他立刻带蒙塔格进入卧室，掀开一幅画框，露出一面大小如明信片的电视荧光幕。"我一向喜欢东西小一些，必要时可以走过去用手掌遮住，不要那种嘶声吼叫，大得怕人的东西。呐，你瞧。"他扭开电视机。

"蒙塔格，"电视机上说着，荧光幕亮了。"蒙——塔——格。"有个声音拼出他的姓名。"盖·蒙塔格，仍在逃亡中。警方直升机已起飞。一只新的机器猎犬已自另一区调来……"

蒙塔格和费伯对望一眼。

"机器猎犬从未失败过。打从它首次用于追踪猎物以来，这项不可思议的发明就未曾出过错。今晚，本台很荣幸有机会用摄影直升机跟随猎犬一起出发，寻找目标……"

费伯倒了两杯威士忌。"我们会需要这玩意。"

他俩喝酒。

"机器猎犬的鼻子异常敏锐，可以记忆并分辨一万个人身上的一万种气味特征，无须重新设定！"

费伯微微颤抖，环视他的屋子，看看墙壁、房门、门把和蒙塔格此刻坐着的椅子。蒙塔格瞧见了他的目光。他俩同时迅速环视屋子，蒙塔格感到鼻孔翕张，他知道自己正试着追踪自己的气味，而他的鼻子也突然敏锐得可以嗅出他在房间内走过的位置，他的手留在门把上的汗味，那些气味看不见，但是就像小吊灯上的缀饰多得数不清，他是一朵发亮的云，一个令人无法呼吸的幽灵。他看见费伯停止呼吸，或许生怕把那幽灵吸入体内，被一个逃亡者鬼魅般的气味和呼吸所污染。

"机器猎犬此刻正由直升机送达火场！"

小荧光幕上出现烧毁的屋子、人群，还有个用一块布单蒙罩的物体，直升机像一朵丑怪的花朵，摇摇晃晃从天而降。

看来他们非得把游戏玩到底，蒙塔格心想。马戏非得继续演下去，即使一小时之内战争就要开打了……

他望着荧光幕，入迷了，不想动。电视上的现场似乎那么的遥远，与他毫不相干；那是一出独立的戏，好看，而且有它奇特的乐趣。那一切全为了我，他心想，那一切热闹全只为了我，天哪。

要是他愿意，他可以舒舒服服等在这儿，欣赏整个猎捕的快速过程，经过巷弄，穿过街道，横过空荡荡的大马路，越过空地和游乐场，其间不时暂停片刻上必要的广告，然后再经过其他的巷弄，来到布莱克夫妇正在焚烧的屋子，如此这般继续追踪下去，最后来到这栋屋子，屋内，费伯和他自个儿坐着，喝着酒，而机器猎犬在外头闻嗅最后的踪迹，悄然无声有如死神飘浮，接着急停在那扇窗户外面。然后，要是愿意，蒙塔格也可以起身，走到窗口，探身窗外，再回头瞧，从外面看见自己站在明亮的小电视荧光幕上，戏剧化的特写镜头，就像一出可以客观欣赏的戏剧，而且知道在别家的电视间里，他的模样栩栩如生，全彩，尺寸完美！而要是他眼睛睁得够快，他还会看见自己在失去知觉的前一刻被针刺的模样，让那些数分钟之前才从睡梦中被电视墙上惊慌的警笛声唤醒，坐到电视间观赏这场精彩的游戏，狩猎，单人嘉年华会的老百姓同乐。

他会有时间发表一篇演说吗？当猎犬攫获他之际，既然有两三千万的人口在观赏着，难道他不能以一个词或一个字总结他这一星期以来的整个生命？等猎犬用它的金属爪子抓着他转过身，慢慢跑入黑暗中，而摄影机继续拍摄，注视着猎犬渐渐消失在远方，完成精彩的演出之后，那句话犹久留在人们的脑海中！可是用短短一个字，几个字，他又能说什么才会使他们动容，唤醒他们？

"来了。"费伯说。

直升机内滑出一样既非机器，亦非动物，不是死的，也不是活的，散发着淡绿色光泽的东西。它站在蒙塔格冒烟的废宅左近，几个人取来他扔弃的喷火器，放在猎犬的鼻吻下。一阵呜哼声，啧啧声，嗡吟声。

蒙塔格摇摇头，起身饮尽他的余酒。"时候到了。对这情况我很抱歉。"

"什么情况？我？我的屋子？这是我活该。快逃吧，看在老天分上。也许我可以在这儿拖延他们……"

"且慢，你身份暴露于事无补。等我离开之后，烧掉我碰过的这张床单。把客厅里那张椅子扔进你的壁式焚化炉。用酒精彻底揩拭家具，揩拭门把。烧掉客厅里的地毯。把所有房间的空调器开到最大，要是你家里有杀虫剂，喷洒一遍。然后，打开草坪喷水器，让它喷到最高最远，再用水管清洗走道。无论如何，要是果真走运，我们可以销毁屋子里头的踪迹。"

费伯与他握手。"我会打点。祝你好运。要是我俩都安然无恙，下个星期，再下个星期，联络一下，圣路易斯的'运通公司'。遗憾这一回我不能借耳机与你同行。那玩意儿对我俩都有益。可是我的设备有限。你知道，我原本压根儿没想到会用上它。所以我没有另一枚适合的绿色弹丸可塞入你的耳中。动身吧！"

"最后一件事。快。去拿只提箱，塞满你的脏衣服，一件旧西装，越脏越好，一件衬衫，一双旧的胶底运动鞋和旧袜子……"

费伯去了一会儿就回来。他们用透明胶带封住硬纸板提箱。"这当然是为了保存费伯先生的气味。"费伯说，这工作让他累得淌汗。

蒙塔格用威士忌沾抹提箱的外壳。"我不希望那只猎犬同时嗅出两种气味。我可以带走这瓶威士忌吗？往后我用得着它。天，但愿这法子管用！"

他俩又一次握过手，然后一面走出门，一面望着电视。猎犬已上路，后面跟着直升机摄影，它无声地，无声地，闻嗅着漫天夜风。它奔上第一条巷弄。

"再见了！"

蒙塔格轻悄悄钻出后门，拎着半空的提箱奔去。身后，他听见草坪洒水系统启动，将漆黑的空气注满了水，水花轻轻洒落。然后持续不绝涌向周遭，清洗了人行道，排入巷弄中。他脸上带了几滴水同行。他觉得听到老头儿呼唤再见，但并不确定。

他疾步奔离屋子，朝河边逃亡。

蒙塔格狂奔。

他可以感觉到猎犬，就像秋天，来得又冷又干又快，好似一阵轻风，拂过时草浪不掀，窗扉不摇，白色人行道上的树影也不动。猎犬毫不触碰这世界，它带着它的寂静同行，你可以感觉到那寂静在你身后酝酿着一股压力，一路跟着你穿过城市。蒙塔格感觉到那压力渐增，他拼命跑。

奔向河边的途中，他停下来喘口气，窥看那些被唤醒的人家透着微光的窗户，看见屋内正在看电视墙的人们的憧憧黑影，还有电视墙上的机器猎犬，像一阵霓虹雾气，迈着蜘蛛般的腿，忽现忽隐，忽现忽隐！此刻在榆树街、林肯街、橡树街、公园，然后沿着巷弄朝费伯家奔去！

经过它，蒙塔格心想，别停，继续追，别转进去！

电视墙上出现费伯的家，还有它的洒水系统正将水一股一股洒入夜空。

猎犬停顿下来，犹豫着。

不！蒙塔格攀着窗槛。朝这儿来！这儿！

麻醉针一伸一缩，一伸一缩。针尖消失在猎犬口颚内之际，一滴梦幻之液滴落。

蒙塔格把呼吸憋在胸口，像紧箍的拳头。

机器猎犬掉头，突然奔离费伯的屋子，再度沿巷弄追踪而去。

蒙塔格的目光遽然转向天际。直升机更近了，一大群昆虫拥向唯一的光源。

蒙塔格花了番工夫再次提醒自己，这可不是什么科幻情节，可以任他在逃向河边途中观赏；他所目睹的正是他自己的棋局，一步一步。

他呐喊一声好给自己必要的催迫，逼使自己离开这最后一户人家的窗户和屋内播出的精彩情节。去它的！他疾奔而去！巷弄，街道，巷弄，街道，河水的气味。腿迈出，放下，迈出，放下。过不了多久，要是摄影机捕捉到他，就会有两千万个蒙塔格在奔逃。两千万个蒙塔格在奔逃，就像一部影像晃动的启斯东影片公司早期喜剧片，警察、强盗，追逐者和被追逐者，猎人和被猎者，他看过上千遍了。此刻，他身后，两千万只无声吠叫的猎犬，掠过电视墙，三重影像从右壁射至中壁，再射至左壁，消失，右壁、中壁、左壁，消失！

蒙塔格把他的海贝塞入耳中。

"警方建议榆树街一带的所有居民做这些动作：每条街上每栋住户的每个居民，打开前门或后门，或是从窗户往外看。只要人人在下一分钟之内从自宅往外看，逃犯必定无所遁形。准备！"

对呀！他们怎么不早这么做！这么多年来，为什么没试过这一着！所有人，每个人都出动！他逃不了的！只有这一个人深夜独个儿在城内奔跑。只有这一个人在验证他的腿力！

"现在开始数到十！一！二！"

他感到全城起立。

"三！"

他感到全城转向它的数千扇门。

快！抬腿，收腿！

"四！"

人们在家中走廊上梦游。

"五！"

他感到他们的手放在门把上！

河水的气味清凉，就像密实的雨。他跑得喉咙红热，眼睛干痛。他呐喊，仿佛呐喊会使他喷射，把他抛过这最后的百码。

"六，七，八!"

五千扇门的门把转动。

"九!"

他奔离最后一排房舍，来到一座斜坡上，下方是一片牢靠、移动的黑暗。

"十!"

门户敞开。

他想象着成千上万张脸孔窥看庭院、巷弄、天空，脸孔藏在窗帘后面，苍白、夜里受惊的面孔，就像灰暗的动物从电子洞穴内往外窥看，带着灰暗无色的眼珠，灰暗的舌头，灰暗的思想，隔着麻木无知的脸部肌肤往外探看。

但是他已抵达河边。

他触碰它，只为了确定它是真实的。他涉入河中，摸黑脱个精光，用辛辣的酒泼洒他的身体、胳膊、腿和头；他喝了一些，又吸嗅几下。然后他换上费伯的旧衣旧鞋。他把自己的衣服抛入河中，望着它随波流去。之后，拎着提箱，他走入河里，直到踩不着底，他也趁黑随波流去。

他往下游漂了三百码之后，猎犬抵达河边。空中，直升机螺旋桨霍霍盘旋。强光落在河上，蒙塔格潜至那宛似破云而出的太阳一般夺目的光亮下方。他感到河水一直拽着他往下漂，拽入黑暗中。过后，光亮掉头回到陆地上，直升机再度穿梭在城市上空，仿佛它们已找到了另一条线索。它们消失了。猎犬也走了。此刻，在突然出现的宁静中，只有冰冷的河水和蒙塔格在漂流，漂离城市、光亮和追捕，漂离一切。

他感觉有如抛下了一座舞台和无数演员。他感觉好似他已远离一场大型降魂会，远离一切呢呢喃喃的幽魂。他正脱离一个骇人的不真实，进入一个因为新奇而显得不真实的真实中。

漆黑的陆地滑掠而逝，他漂向山区乡间。十几年来头一遭，繁星出现在他的上方，宛若回转的火轮成列移动。他看见一枚巨大的众星之神在天际冒现，仿佛要从天上翻落压扁他。

他仰身漂流，提箱渐渐灌满了水，沉没；河水徐缓，悠然远离那些拿幻影当早餐、蒸气当午饭、烟雾当晚餐的人们；它舒适畅快地载着他，终于给了他闲暇去思考这个月，这一年和岁岁年年累积的一生。他聆听自己的心跳渐缓，他的思绪不再跟着血液激冲。

此刻他瞧见月亮低挂在天边。月亮挂在那儿，那么月光是什么造成的？是太阳，当然。那又是什么使太阳发光？

是它本身燃烧的火。而太阳持续不停，日复一日，燃烧又燃烧。太阳和时间。太阳和时间和燃烧。燃烧。河水轻轻荡着他前行。燃烧。太阳和地球上的每一面时钟。一切在他脑海中凑拢，形成一个结论。经过陆地上的漫长漂泊和河里的短暂漂流之后，他明白为什么这辈子再也不可以焚烧了。

太阳天天燃烧。它烧掉了时间。就算没有它的助纣为虐，世界照旧仓促轮回，绕着它自个儿的轴心旋转，而时间忙着燃烧岁月和人。所以，要是他也帮着消防员们一块儿焚书烧屋，而太阳又烧掉时间，那么一切都给烧了！

总有一个得停止焚烧。太阳不会停止，这是绝对的。所以看来非得蒙塔格和数小时之前与他共事的那些人住手才行。无论如何，保存和挽救的工作必须重新开始，也必须有人来做这保存和挽救的工作，保存在书里，在记录里，在人脑中，只要是安全的，不会遭受蛾蚁、蠹虫、锈蚀和风化，还有带火柴的人的破坏，任何法子都行。这世界充斥着各种形式和规模的焚烧。石棉织造工业同业公会得尽快开张才行。

他感到脚跟撞着陆地，触及小圆石和大石块，摩擦着沙子。河水已将他漂送到岸边。

他细瞧那庞硕的黑色生物，没有眼睛，没有光亮，没有形状，只有绵延数千英里犹不愿终止的幅员，还有它那正等着他的草丘和森林。

他踌躇不愿离开舒畅的水流，预期猎犬正在岸上守候。林木极可能突然间在直升机带来的强风下扑腾乱颤。

但高空只有寻常的秋风，像另一条河流似的轻荡。为什么猎犬没奔来？为什么搜索行动转回内陆？蒙塔格细听。没有声响，什么也没有。

米莉，他想着。这一大片乡野，听听它！一点儿声响也没有。这么充盈的静谧，米莉，不知你对它会作何感受？你可会呐喊：住嘴，住嘴！米莉，米莉。他感到悲哀。

米莉不在这儿，猎犬也不在这儿，但是远方某块田野吹来的干草气味使蒙塔格回到陆地。他忆起童年曾去过的一处农场，那是他难得一次发现，在不真实的七层面纱后面，在电视墙和城市的锡铁壕沟后面，居然有牛群在吃草，猪坐在正午热烘烘的猪圈里，还有狗儿在山坡上追着白绵羊吠叫。

此刻，干草味，水的流曳，使他想象睡在一间孤独的谷仓内干草堆中，远离繁嚣的公路，藏在一栋静谧的农舍后面，上方是一座古老的风车，霍霍转动有如逝水年华的声音。他整夜躺在高高的谷仓阁楼上，聆听远方牲口、昆虫和林木的声响，轻微的蠕动。

夜间，他想着，或许他会听到阁楼下方响起类似脚步的声音。他会浑身绷紧，坐起身子。脚步远去。他又躺回草堆中，望向阁楼窗外，深夜，他看着农舍的灯火渐渐熄灭，最后有个非常年轻美丽的女孩坐在未掌灯的窗前，编她的头发。他看不清她，但她的脸蛋就像如今已属于久远、久远的过去的那个女孩，那个了解四季变换而且从未被萤火虫灼烧过的女孩，那个懂得蒲公英揉搓下巴的涵意的女孩。之后，她会消失在温暖的窗口，旋又出现在楼上她那间给月光倾泻得雪白的房间。接着，听到死亡之声，喷射机将黑色夜空割裂成两半的声音，他趴在阁楼上，藏得安安全全，注视着挂在大地边缘上的那些陌生的新星，飞快逃离破晓的柔曦。

到了清早，他无须睡眠，因为一夜乡间的温暖气味和景色已让他休养生息，他的眼睛睁得大大的，他的嘴似笑非笑。

而在干草阁楼楼梯脚等着他的，是一样不可思议的东西。粉红色的晨曦中，他小心翼翼跨下楼梯，全神留意着他所害怕的世界，然后站在那小小的奇迹前，久久终于弯腰触碰它。

一杯冰凉的鲜奶，几只苹果和梨子，搁在楼梯脚。

此刻他想要的只有这个。某些征兆，显示出这无限的

世界肯接纳他，肯给予他所需要的长时间去思索一切必须
思考的事物。

一杯鲜奶，一只苹果，一只梨子。

他跨出河水。

陆地拥向他，像一股巨浪。他禁受不住那黑暗和乡间
的样貌，还有吹得他浑身冰冷的风带来的数不清的气味。
在黑暗、声音和气味的碎浪侵袭下，他的耳朵里波涛汹涌，
他退却了。他头晕目眩。繁星有如冒着烈焰的陨石倾泻而
下。他想投回河中，任河水荡着他安然漂向下游某个地方。
这片漆黑的隆起陆地就像童年那一天，他正在游泳之际，
突然间，不知打哪来的，一波记忆中最巨大的海浪将他抛
入咸泥和碧绿的昏暗中，海水灼炙口鼻，令他翻胃，尖叫，
太多水了!

太多陆地。

眼前的黑壁内传出轻语声。一个形体，形体上有两只
眼睛。夜晚在看他。森林在瞧他。

猎犬!

经过这番马不停蹄的奔逃，汗流浃背，几乎溺死，才
逃到这么远，费了这么大的劲儿，正以为自己安全了，舒
了口气，终于回到陆地上，却只发现……

猎犬!

蒙塔格发出最后一声痛苦的呐喊，就好像任谁也受不了这样的结局似的。

形体猛然迸逃。那双眼睛消失了。枯叶堆像一阵干雨纷飞。

蒙塔格独个儿置身荒野中。

一头鹿。他闻到像香水掺杂了鲜血的浓郁麝香和黏稠的动物呼吸，所有这无垠的夜晚中的小豆蔻、苔藓和豚草的气味，而林木随着他眼内脉搏的悸动扑向他，抽退，扑至，抽退。

地上起码有上百万片枯叶；他跋涉其中，一条味如热烫的丁香和温暖的灰沙的干河。还有别的气味！有一种气味就像一般土地上收割的马铃薯，因为夜间泰半的月光映照而白净、冰冷、生嫩。还有一种气味像瓶瓮里的腌黄瓜，一种气味像家中餐桌上的大麦，一种淡黄色的气味像罐子里的芥末，还有一种气味像邻家院子里生长的康乃馨。他放下手，感到一棵野草像个孩子似的磨蹭他。他的指头味如甘草。

他伫立呼吸，吸入越多陆地的气味，也就充盈着越多陆地的细节。他并不空虚，这儿有的是东西可充实他。永远绰绰有余。

他走在枯叶的浅滩中，踉踉跄跄。

而在陌生中，有一种熟悉。

他的脚踢着一样东西，发出钝响。

他伸手在地上摸索，往这儿探一码，往那儿伸一码。

是铁道。

当年从城内绵伸，越过土地，穿过森林，如今生了锈，弃置河畔的铁道。

这正是通衢大道，通往他意欲前往的任何目的地。这正是唯一熟悉的事物，是他或许会需要一阵子的幸运符，是他深入荆棘丛和一片片嗅觉、触觉和感觉的湖泊中，置身于落叶飘舞窸窣声中之际，可以摸摸它，用脚感觉它的幸运符。

他走在铁道上。

走着，走着，他愕然发现自己突然间如此肯定一件他无法证明的事实。

曾经，许久以前，克拉莉丝曾经走过这儿，此刻他正走过的地方。

半个钟点后，冷飕飕的，他小心翼翼走在铁道上，充分意识到他全身上下，他的脸孔，嘴巴、眼睛壅塞着黑暗，他的耳朵壅塞着声响，他的双腿被荨麻扎得刺痒，他看见了前方的火光。

火光忽隐忽现，像只眨巴眨巴的眼睛。他停步，生怕自己呼口气就会吹熄了那火光。但是火光停在原处，他警惕地从远处慢慢挨近。他花了足足一刻钟才挨到它的近旁，然后他停下来，从掩体后望着它。那小小的闪动，那又白又红的颜色，那是一团陌生的火，因为它对他的意义大异往昔。

它并不是在焚烧。它是在散发温暖。

他看见许多只手凑在它旁边取暖，一只只胳膊藏在黑暗中的手。手的上方，一张张没有表情、只随着火光闪动摇曳的脸孔。他从不知道火可以是这副模样，他一辈子没想过它能取也能予，连它的气味也迥异。

一种静谧凝聚在火的周围，静谧写在那些人的脸上，还有时间，充裕的时间可坐在这生锈的铁道旁，林木下，用眼睛观望，思索这世界，仿佛世界就系在篝火的中央，是这些人正在铸造的一块钢铁。迥异的不仅是那团火，还有那静谧。蒙塔格挨向这关注全世界的特殊的静谧。

而后，人声响起，他们在交谈，他一句也听不见人声在说些什么，但是那声调起伏平和，而人声在思索，观看着世界；人声了解这片土地、林木，还有在河畔筑起这条铁道的城市。人声无所不谈，无所不能谈，他知道，从人声里的抑扬顿挫，它的动静，还有不断颤动的好奇和惊叹，他知道。

而后，其中一人抬起目光，看见了他，头一回也或许是第无数回看见他，接着一个声音召唤蒙塔格。

"好吧，你可以出来了！"

蒙塔格退回阴影中。

"没关系，"那声音说，"欢迎光临。"

蒙塔格慢吞吞走向那团火和那五个坐在那儿、身穿深蓝色斜纹布裤和夹克、藏青色衬衫的男子。他不知道要跟他们说些什么。

"坐，"那名看似这一小群人的领袖的男子说，"来杯咖啡？"

他注视着热腾腾的深色混合液体倒入一只可折叠的锡铁杯中，杯子立刻递给他。他小心翼翼啜了一口，感觉他们正好奇地望着他。环绕他四周的脸孔均蓄着胡须，但胡须整洁，他们的手也干干净净。他们原本站起身子，仿佛欢迎一位客人，此刻他们又坐回原处。蒙塔格啜了一口。"谢谢，"他说，"多谢。"

"别客气，蒙塔格。我姓格兰杰。"他递出一小瓶无色汁液，"把这也喝了，它会改变你汗液的化学指数。从现在起半个钟点之后，你的气味会像另外两个人。猎犬在追捕你，所以最好干了它。"

蒙塔格喝下苦汁。

"你会臭得像美洲山猫，但是没关系。"格兰杰说。

"你知道我的姓名?"蒙塔格说。

格兰杰朝营火旁的一台手提式电池电视机摆头示意。"我们看了追捕的过程，猜想你终会沿河南行。听到你在森林里像头醉麋鹿似的冲撞，我们并没有像往常那样藏起来。直升机摄影机返回城市之后，我们就猜想你在河里。这事有点儿滑稽。追捕仍在进行，不过是朝另一个方向。"

"另一个方向?"

"我们来瞧瞧。"

格兰杰扭开手提电视机。影像惨不忍睹，重叠，色彩混淆，而且跳动不清。一个声音嚷着。

"追捕工作继续在城中北区进行! 警方直升机正在搜索八十七号大道及榆树丛公园!"

格兰杰领首。"他们在装模作样。你在河边就甩脱了他们，他们不能承认。他们知道能留住观众的时间只有那么长，节目必须有个干脆利落的收场，要快! 要是他们着手搜索整条河，也许得花上一整夜的工夫。所以他们正在找个替罪羔羊，让事情有个精彩的结局。注意看，他们会在五分钟内捕获蒙塔格。"

"可是，怎么……"

"看哪。"

悬挂在一架直升机腹部的摄影机,此刻朝下拍摄一条
空寂的街道。

"瞧见没?"格兰杰小声说,"那个就会是你;我们的牺
牲者就在那条街尾。瞧见摄影机如何收景了吧?它在酝酿
情节;悬疑;长镜头。此刻有个可怜的家伙要出门散步了;
罕见;是个怪人。别以为警方不知道这种怪人的习惯,他
们清晨散步是为了好玩,也或许因为失眠。总之,警方早
就将他列档几个月、几年了。谁也不知道这类信息几时会
派上用场,事实上,今天它就很管用,可以挽回颜面。哦,
天,瞧!"

营火旁的人们凑近。

荧光幕上,一个男子转过街角。机器猎犬突然冲入镜
头。直升机探照灯投下十来道夺目的光柱,在那人四周筑
起一座牢笼。

一个声音呐喊:"那就是蒙塔格!搜索完成!"

那无辜的男子一头雾水站在那儿,手里夹着一支点燃
的香烟。他瞪着猎犬,不明白它是什么,他大概永远都不
明白。他抬眼望向天空和呜呜的警笛。摄影机疾速俯冲,
猎犬跃入半空,节奏和时机的拿捏美妙得不可思议。它的
针尖射出,在他们的目光下停滞片刻,好似让广大的观众

有时间欣赏一切，受害者生嫩的表情、空寂的街道，钢造畜生像一颗子弹瞄准目标。

"蒙塔格，别动!"空中传来一个声音。

摄影机与猎犬同时落在受害者身上，两者不约而同扑向他。受害者被猎犬和摄影机的蜘蛛爪牢牢攫住。他厉呼，他凄喊，他尖叫!

舞台灯光熄灭。

静寂。

黑暗。

蒙塔格在静寂中哭喊，别过头去。

寂静。

之后，几个人面无表情围坐火旁，过了半晌，黑漆漆的荧光幕上一名播报员说:"搜捕结束，蒙塔格已死;悖离社会的罪行已遭到报应。"

黑暗。

"本台现在带您去豪华饭店的'天厅'，观赏半小时'破晓前的正义'，这个节目是……"

格兰杰关掉电视。

"他们并没有特写那个人的脸孔，你注意到了吗? 连你的挚友也分不清他是不是你。他们故意把焦距弄不准，正好可以让观众发挥想象力。妈的，"他喃喃道，"妈的。"

蒙塔格一声不吭，但此刻扭回头，双眼紧盯着漆黑的荧光幕，全身颤抖。

格兰杰碰碰蒙塔格的胳膊。"欢迎死而复活。"蒙塔格点个头。格兰杰继续说："现在你不妨认识一下我们大家。这位是弗雷德·克莱门特，在剑桥变成原子工程学院之前那些年，他是该校的托马斯·哈代。这另一位是加州大学洛杉矶分校的西蒙斯博士，是研究奥尔特加·伊·加赛特①的专家。这位韦斯特教授，多年前在哥伦比亚大学对伦理学贡献不菲，如今那是一门古董学科了。这位帕多弗牧师三十年前发表了一篇演说，结果因为他的看法而失去了他的羊群。他跟我们一起游荡已有好一段时日了。我自己呢，我写了一本书，叫做《手套里的指头：个人与社会的恰当关系》，结果造就了现在的我！欢迎你，蒙塔格！"

"我不属于你们这一伙人，"蒙塔格终于徐徐开口，"我一直是个白痴。"

"我们以前都是。我们都犯过适当的错误，否则也不会沦落到这儿。原先我们彼此仍是不相干的个人时，我们只有愤怒。多年前一名消防员来烧我的图书室，我攻击他。打那以后我就一直在逃亡。你可愿加入我们，蒙塔格？"

---

① Ortega y Gasset（1883—1955），西班牙哲学家、作家、政治家。

"愿意。"

"你有什么可贡献的?"

"没有。我原以为我有部分的《旧约·传道书》,大概还有一点儿《新约·启示录》,可现在我连这些都没有了。"

"有《旧约·传道书》很好啊。它原来在哪儿?"

"在这儿。"蒙塔格摸摸他的头。

"啊。"格兰杰微笑颔首。

"怎么了?那样不妥吗?"蒙塔格问。

"妥当极了。最好不过!"格兰杰转向牧师,"我们可有《传道书》?"

"有一本。扬斯敦市一个名叫哈里斯的男人。"

"蒙塔格。"格兰杰牢牢握住蒙塔格的肩膀,"走路要小心,保护你的健康。万一哈里斯有个三长两短,你就是《传道书》,瞧你,一眨眼就变得多么重要!"

"可是我忘记了!"

"不,没有东西会遗忘的。我们有法子帮你甩掉渣滓。"

"可我试过回忆!"

"别试,需要时它自会出现。我们每个人都有摄影机式的记忆力,但却穷其一生学习怎么去删除记忆里的东西。这位西蒙斯研究这一门有二十年之久,如今我们已有方法让人记起曾经读过的东西。将来有一天,蒙塔格,你可愿意读柏拉图的《理想国》?"

"当然愿意!"

"我就是柏拉图的《理想国》。想读一读马可·奥勒留吗?西蒙斯先生就是马可。"

"你好。"西蒙斯先生说。

"嗨。"蒙塔格说。

"我来介绍你认识那本邪恶的政治小说《格列佛游记》的作者,乔纳森·斯威夫特!还有,这位仁兄是查尔斯·达尔文,而这一位则是叔本华,这位是爱因斯坦,我旁边这一位则是史怀哲先生,诚然是一位非常仁善的哲学家。哪,蒙塔格,我们这几个个是阿里斯托芬①、甘地、释迦牟尼、孔夫子,还有托马斯·杰弗逊和林肯先生,请慢用。我们也是马太、马可、路加和约翰。"

众人轻笑。

"不可能啊。"蒙塔格说。

"这是事实,"格兰杰含笑道,"我们也是焚书者。我们看完了书就烧掉它,怕被人发现。缩影胶片不管用;我们长年奔波,不愿意把胶卷埋藏起来。往后再回来取,随时都有被人发现的可能。最好把它保存在脑子里,没有人能

---

① Aristophanes(约前450—前388),雅典诗人,喜剧作家。

看见或怀疑。我们都是历史、文学和国际法的断简残编。拜伦、托马斯·潘恩①、马基雅维利或是耶稣基督，都在这儿。此刻时辰晚了，战争开始了。而我们在这儿，城市在那儿，笼罩在它自个儿的五光十色中。你有什么看法，蒙塔格？"

"我觉得，我一意孤行，把书栽赃在消防员家里，然后去报警，真是莽撞没见识。"

"你是不得已而为。这计划若是以全国为目标执行，也许很管用。不过我们的方式较单纯，而且，我们认为，也较妥当。我们只想将我们认为将来会需要的知识安全而完整地保存起来。我们还没有主动去刺激或是惹怒任何人过。因为要是我们遇害，这些知识也就死了，或许永远没有了。我们算是别树一帜的模范公民；我们走的是旧铁道，夜里我们露宿山区，都市人也就随我们去，我们偶尔会被拦下来搜身，但是我们身上没有可以定罪的东西。我们是柔性组织，非常松散，没什么联系。我们有些人做过面部和指纹整容手术。眼前我们有一项可怕的任务；我们正在等待战争快快开始快快结束。这是件悲惨的事，不过话说回来，我们并不是主宰者，我们是荒野中的一批古怪的少数人。

---

① Thomas Paine（1737—1809），美国政治思想家。

一旦战争结束，或许我们对世界能有所贡献。"

"你真认为到时候他们会听？"

"要是不听，我们只得等。我们会用口传的方式把书传继给我们的子女，然后再让我们的子女去等待，传继给其他人。当然，用这个法子会损失许多。但是人无法逼别人听。他们得自己觉悟，思索究竟出了什么问题，为什么世界瓦解。这种情况不可能持久的。"

"你们总共有多少人？"

"今晚就有几千人在流浪，露宿废弃的铁道旁，外表是流浪汉，内在是图书馆。起初这并不是有计划的。每个人都有一本他想记住的书，他就记住了。而后，在二十年左右的流浪生涯中，我们彼此相遇，才渐渐建立了一个松散的网络，设定了一项计划。我们必须灌输给自己最重要的一点就是，我们并不重要，千万不能做个腐儒；我们不可以自觉优于世上任何人。我们只不过是蒙尘的书本封套，除此而外没什么了不起。我们之中有些人住在小村镇上。梭罗的《瓦尔登湖》第一章在绿河镇，第二章在缅因州的威罗农场。噢，马里兰州有个小镇只有二十七个居民，炸弹绝不会碰那个小镇，可是那儿有个叫罗素的人的全部文章。那个小镇几乎是偶然被找到的，然后把文章一页页口传给一个人。等战争结束，总会有那么一天、一年，我们可以重新写出这些书，把那些人一个个找来，背诵他们记得的知识，再把那些知识付梓成书，直到另一个黑暗时代来临，届时我们或许得从头再玩一遍这把戏。但这也正是人类奇妙之处；人类绝不会消沉厌弃到放弃从头来过的地步，因为他非常明白这样做是重要的，值得的。"

"今晚我们要怎么做？"蒙塔格问。

"等待，"格兰杰说，"同时往下游走一段路，以防万一。"

他动手把泥沙撒入火中。

其他人纷纷伸手，蒙塔格也帮忙，荒野中，所有人一起动手，协力灭火。

星光下，他们伫立河畔。

蒙塔格看看他的防水表上的夜明指针。五点，凌晨五点。又是一年岁月在短短一小时之内滴答流逝，而曙光在河对岸的后方等待着。

"你们为什么信任我？"蒙塔格问。

一个人在黑暗中移动。

"你的模样就足够让人信赖了，你近来有没有照过镜子？除此而外，市政府对我们从来没有关心到用这么精密的方法来追捕我们。几个脑子里装了一些诗文的狂人动不了他们，他们心知肚明，我们也明白；大家心照不宣。只要广大的民众不会到处引述英国《大宪章》和美国《宪法》，那就没什么关系。偶尔出状况，消防员就足以应付了。真的，市政府并不打搅我们，而你却模样难看极了。"

他们沿河岸南行。蒙塔格极力想看清楚这些人的脸孔，他记忆中火光下的一张张布满皱纹、疲惫的脸庞。他是在寻找一线光明、一股决心、一种战胜那似乎并不存在的明天的得意。或许他原本预期他们的脸孔灼灼闪烁着他们所携带的知识，散发出如灯笼般的内在光辉。但是所有的光辉均来自营火，而这些人似乎跟普通人没有两样，就像是跑完了一段长跑，经过漫长的寻觅，见过美好的事物被毁，到如今垂垂老矣，聚在一起等待曲终人散，灯枯油尽。他们并不肯定自己脑中携带的东西会使未来每一个日出散发出较纯净的光辉，他们毫无把握，除了确知那些书贮存在他们平静的眼眸内，那些书完好无缺地等待着，等待来年可能会出现的那些指头或干净或脏污的顾客。

蒙塔格眯眼细瞧一张张脸庞。

"莫以封面评断一本书。"有个人说。

他们齐声轻笑着，朝下游移动。

一声尖啸。待一行人抬起目光，来自城内的喷射机早已掠过上空。蒙塔格回首凝望河流另一端远方的城市，此刻它只剩一团微光。

"我太太在城里。"

"真遗憾，往后这几天，在都市里并不安全。"格兰杰说。

"奇怪，我并不想念她，奇怪我对任何事都没什么感觉，"蒙塔格说，"方才我才发觉，就算她死了，我大概也不会感到悲伤。这不正常，我一定有什么毛病。"

"听我说，"格兰杰说，拉着他的胳膊与他并肩而行，一面拨开树丛让他过去。"小时候我爷爷就去世了，他是个雕刻师傅。他非常仁厚，非常博爱，他帮忙清扫我们镇上的贫民窟，还做玩具给我们，他一辈子做了数不清的事，他的手从没停歇过。他去世后，我突然明白自己根本不是为他而哭，而是为他做过的那一切而哭。我哭，因为他再也不会做那些事了，他再也不会雕刻木头，再不会帮我们在后院养鸽子，或是像他原来那样拉小提琴、说笑话给我们听了。他是我们的一部分，他死了，一切动作也死了，而没有人像他那样做那些动作。他是个个体，是个重要的人，我始终忘不了他的死。我常想，因为他死了，多少美妙的雕刻永远不会诞生了。这世界少了多少笑话，多少自家养的鸽子不再被他的手抚摸。他塑造了世界，他贡献了世界。他去世的那一夜，世界损失了千万个仁善的动作。"

蒙塔格默默走着。"米莉，米莉，"他喃喃自语，"米莉。"

"什么?"

"我太太，我太太。可怜的米莉，可怜、可怜的米莉，我什么也记不得。我想到她的手，可却看不见它做了什么。它就那么垂在她身边，或是搁在她腿上，或是夹着一支烟，仅此而已。"

蒙塔格扭头回望。

你给了这城市什么，蒙塔格?

灰烬。

其他人彼此又给予了些什么?

什么也没有。

格兰杰跟蒙塔格一起伫足回望。"人死后必留下一些东西，我爷爷说。一个孩子，一本书，一幅画，或是盖了一栋屋子，一面墙壁，做了一双鞋，或者栽了一座花园。你的手触碰过某样东西，那么死后你的灵魂就有地方可去，人们看见你栽种的那棵树或那盆花，而你就在那儿。做什么事并不重要，他说，只要在你的手拿开之后，你触碰过的东西从原样变成了一件像你的东西。一个剪草工和一个真正的园丁之间的差异就在于触碰，他说，剪草工可以说根本不存在；园丁却会留存一辈子。"

格兰杰动动他的手，"五十年前，我爷爷给我看过一些V-2火箭的影片。你有没有从两百英里上空俯瞰过原子弹爆炸的蘑菇云？它只有一丁点儿大，没什么。因为周遭净是荒野。

"我爷爷前后放映十来遍 V-2 火箭影片，冀望将来有一天我们的都市会开阔些，多容纳一些绿荫、土地和荒野，好提醒人类我们是居住在地球上的一个小空间内，我们赖以生存的荒野可以轻易收回它所给予的一切，就像吐纳它的气息或是派海洋来告诉我们人类并不是那么伟大。我爷爷说，一旦忘记了荒野在夜间是多么近在咫尺，那么总有一天它会进城来抓我们，因为到那时候我们已经忘记了它可以是多么可怕而真实。你明白吧?"格兰杰扭头看着蒙塔格。"爷爷死了这么多年，可要是你掀开我的头盖骨，天呐，在我的脑子里，你会发现一道道他的指纹。他触碰过我。我说过，他是个雕刻师。'我憎恨一个名叫'现状'的罗马人！'他跟我说。'要让你的眼睛塞满惊奇，'他说，'要活得就像会在眨眼间猝毙似的。观看这世界。它比任何工厂里制造的或买来的梦想都奇妙。别要求保障，别要求安全，世上根本没有这种动物。要是有，它一定是整天倒挂在树上，怠懒地睡去一生的树懒的亲戚。去它的，'他说，'摇晃那棵树，让树懒摔个四脚朝天。'"

"瞧!"蒙塔格喊道。

就在这一瞬间，战争爆发，结束。

事后，蒙塔格周边这些人也不敢说是否真的瞧见了什么。或许只是天空的一丝丝电光石火。或许那就是炸弹，还有喷射机群，瞬间出现在十英里、五英里、一英里的高空，就像谷粒被一只巨大的播种之手撒在天际，而炸弹以可怕的速度下降，却又突然减慢，坠落在他们抛在身后的城市上。实际上，一俟喷射机群以时速五千英里发现目标，提醒投弹手，轰炸就已结束，速度之快就像大镰刀挥了那么一下。一旦炸弹投下，一切就结束了。此刻，在炸弹击中之前，敌机已飞到有形世界的另一边之前，整整三秒钟，整个历史的时间，就像是荒岛之民不相信真有其物的子弹，因为它是隐形的；然而，心脏突然间给震碎了，肢体分崩离析，血液给吓得释入空中，脑子浪掷了它那些许珍贵的记忆，惶惑，死去。

简直无法置信，蒙塔格看见一只巨大的金属拳头在远处城市上空拨了一下，就像挥了个手势一般。他知道接着而来会听到喷射机办完事之后的啸音，它会说：瓦解，片甲不留，消灭，死亡。

刹那间，蒙塔格望着天空的炸弹，他的意念和双手无助地朝天伸向它们。"逃啊！"他对费伯喊。对克拉莉丝喊："逃啊！"对米尔德里德喊："快出去，逃出去！"但是他想起克拉莉丝死了，而费伯已经出城了；就在乡间某处山谷中，清晨五点的巴士正从一个毁灭驰往另一个毁灭的途中。虽然毁灭尚未临身，仍在半空中，但却是确定的，就像人可以制造毁灭，是确定的。巴士只消在公路上再奔驰五十码，它的目的地就已毫无意义，而它的出发地也从大都会变成了垃圾场。

而米尔德里德……

快出去，逃啊！

他看见她此刻在某个旅馆房间内，时间只剩下半秒钟，炸弹距离她的旅馆只有一码、一英尺、一英寸……他看见她凑向色彩缤纷，动作万千的巨大闪亮电视墙，墙上的家人跟她聊着、聊着、聊着，叫她的名字，对她微笑，全没谈到炸弹此刻距离旅馆屋顶只有一英寸，半英寸，四分之一英寸。她紧挨着电视墙，好似这样渴切地盯着就会找出她无眠不安的秘密。米尔德里德急切、紧张地凑近，仿佛要投入、坠落那无垠的色彩中，沉溺在它鲜丽的快乐里。

第一枚炸弹击中。

"米尔德里德！"

或许，谁又知道呢？或许那投射出声光色彩、絮絮叨叨的电视台，首先灰飞烟灭。

蒙塔格匍匐趴下，他看见或感觉到，或想象他看见或感觉到，映在米尔德里德脸上的电视墙转为漆黑，听她尖叫，因为在仅余的时间的百万分之一刹那里，她看见自己的脸反映在一面镜子上，并不是映在一只水晶球上，而且那是一张那么狂乱虚空的脸孔，独个儿孤零零在房间里，没有触及任何东西，饥饿得拿自己果腹，由此她终于认出那是她自己的脸，于是她迅速抬头望向天花板，而同时，天花板和整栋旅馆建筑倾塌在她身上，带着她和百万磅重的砖块、金属、灰泥、木材与下层蜂巢中的其他人会合，一起疾速坠入地窖，而爆炸就在那儿蛮横地摆脱了他们。

我记得了。蒙塔格紧贴着地。我记得了。芝加哥，芝加哥，许久以前。米尔德里德和我，我们就是在那儿认识的！我想起来了，芝加哥，许久以前。

爆炸的震撼力将空气撞过河面，一行人像骨牌似的翻倒，河水扬溅，飞沙走石，朝南方狂飙的强风吹得上方林木呜呜哀鸣。蒙塔格匍匐在地，把自己缩成小小一团，双目紧闭。他只眨了一下眼睛。而就在那一瞬间，他看见城市在半空中，而不是炸弹。两者已易位，城市在空中又停滞了这么无法想象的须臾，仿佛经过重建而无法辨认，远高出它原本期望或努力的高度，远高出人类当初建造它的高度，而此刻终于矗立在一层层瓦解的混凝土和一块块破碎的金属当中，像一幅倒挂的雪崩壁画，有数不清的色彩，数不清的异象，该是窗子的地方敞着一扇门，该是地板的成了屋顶，该是侧墙的成了背壁；而后，城市倾翻，倒地死亡。

它死亡的声音，稍后才传来。

蒙塔格趴在地上，双目含沙紧闭，闭合的口中布满一层湿湿的细沙，他喘着气，哭着，心里想着，我记得了，我记得了，我记得另一件事了。是什么来着？对了，对了，是《旧约·传道书》的一部分。《旧约·传道书》和《新约·启示录》的一部分。部分，部分，快，快，趁它还没散失，趁震惊还没消退，趁风还没止息之前，快想。《传道书》。有了。他趴在颤震的地上，跟自己默念它，他念了许多遍，无须努力就念得顺畅流利，而且没有"丹汉牙膏"作梗，只有传教士一个人，站在他的脑海中，望着他……

"过去了。"一个声音说。

众人像躺在草地上的鱼似的趴在那儿喘息。他们紧紧攀着地面，有如孩童紧抓着熟悉的事物，不理会它有多冷或死寂，不顾发生过或将会发生什么，他们的指头插在泥土中，个个张口放声叫喊，以免耳鼓震碎，以免理智瓦解。

蒙塔格跟他们一起喊叫，抗议那摧裂他们的脸，拉扯他们的唇，令他们鼻子流血的风。

蒙塔格注视着浓密的尘沙落定，无比的寂静笼罩着他们的世界。趴在地上，他似乎看见了每一粒尘沙，每一株草，听见世上此刻发出的每一个哭声、呐喊和喃喃低语。尘沙纷落中，静谧降临，还有他们需要用来环顾周遭，将这一天的真实纳入意识的闲暇。

蒙塔格望向河面。我们可以走水路。他望向旧铁道，或者可以走那条路。或者，如今我们可以走公路了，而且我们有时间把事物贮存在脑海中。将来有一天，等它在我们心中尘封一段长时间之后，它会从我们的手，我们的口中传递出去。其中有许多会是错的，但也会有刚好足够的部分是对的。我们今天就开始上路，观看这世界和它的言谈举止，观看它的真面貌。如今我要饱览一切。而尽管它进入我脑中时无一属于我，但过一阵子它会在我脑中凑拢，就会成为我。看看外面的世界，我的天，我的天，看看外面，我的外面，我的脸孔外面的世界，而唯一能真正触摸它的法子，就是把它搁在它最后会成为我的地方，在血脉中，在它每天悸动千万次的地方。我抓住它，它就永远不会溜走。总有一天我会紧紧抓住世界。此刻我已有一根指头勾住它；这是个起头。

风止了。

其他人又趴了一会儿，在沉睡将醒的边缘，还不想起身开始尽这一天的义务，找他需要的火和食物，完成他点点滴滴的细节。他们趴在那儿眨动覆满灰沙的眼皮。听得见他们呼吸急促，而后渐慢，慢……

蒙塔格坐起身子。

不过，他并没有再做其他动作，其他人亦然。旭日正用它淡红的顶端触碰漆黑的地平线。空气凛冽，透着雨意。

格兰杰悄悄站起身，摸摸他的胳膊和腿，口里骂着，絮絮叨叨低声骂着，泪水滴落他的面庞。他拖着两条腿走到河边，往上游望。

"夷平了，"久久之后，他说，"城市看上去就像一堆面粉。没了。"又过了良久，"不知有多少人知道战争来了？不知有多少人感到意外？"

还有世界另一端，蒙塔格心想，有多少别的城市也死了？我国又有多少？一百个？一千个？

有人划亮了一根火柴，点燃口袋内掏出的一张干燥的纸，然后把纸塞在一些草叶下，过了一会儿又添了些湿细枝，细枝劈啪响，但终于烧着了，火在微曦中渐渐炽旺。旭日东升，望着上游的众人缓缓转过身子，无言而局促地凑向火光，他们俯身时，朝晖染红了他们的颈背。

格兰杰打开一块油布，里面包着一些培根肉。"吃一点垫垫肚子，然后回头往上游去，上游的人会需要我们。"

有人取出一只小煎锅，培根肉给扔进锅里，煎锅置于火上。半晌，培根肉开始在锅内蹦跳，肉油的滋滋声夹杂着香味弥漫在空气中，众人默默望着这项仪式。

格兰杰望着火光。"凤凰。"

"什么？"

"在基督诞生之前，有一种笨鸟名叫凤凰，每隔几百年它就筑起一堆柴火自焚。它一定是人类的一等表亲。但是每回它自焚之后，又会从灰烬中跳出来，让自己重生。看来我们也在做同样的事，一遍又一遍，但是我们有一样要命的本事，是凤凰所没有的。我们知道自己做过的蠢事。我们知道自己千年来做过的所有蠢事，而只要我们知道这一点，并且随时把它搁在我们看得见的地方，总有一天我们会停止堆筑柴薪，停止跳入火中。我们会偶然找到几个记得每一个世代的人。"

他把煎锅取下，让培根肉稍微冷却，然后他们慢吞吞地、沉思地吃着。

"好了，我们往上游动身，"格兰杰说，"还有，牢记一个念头：你并不重要。你什么也不是。将来有一天，我们荷载的东西也许能帮助某个人。但即使是许久之前，我们手头有书的时候，也并没有运用书中得来的知识。我们一味侮蔑先人，一味唾骂所有可怜的故哲。往后这一星期、一个月、一年，我们会遇见许多孑然孤零的人。等他们问我们在做什么，你们可以说：我们在记忆。这样我们才会终究获胜。将来有一天，我们会记住太多东西，因此制造出有史以来最大的铲子，挖出旷古绝今的大坟墓，把战争铲入墓中，封起墓穴。走吧，我们先去建造一间镜子工厂，往后一年只生产镜子，对镜好好审视自己。"

他们吃完了东西，扑灭营火。周遭天色渐亮，仿佛一盏晕红的烛灯添加了些灯芯。枝桠间，原本仓皇飞去的鸟儿如今又回来栖息。

蒙塔格起步出发，半晌发现其他人也跟在后头，往北而行。他感到错愕，于是移到一边让格兰杰先行，但格兰杰看看他，颔首示意他继续走。蒙塔格领头前行。他看看河面、天空和那条通往农庄，通往贮满干草的谷仓，通往许多人深夜离开城市途中曾经路过之处的生锈铁道。将来，一个月或半年内，绝不超过一年，他会再次经过此地，独个儿，而且不停地走，直到他赶上人们。

但眼前有一段漫长的路，要从清晨直走到中午，而若说这一行人沉默无言，那是因为有太多的东西要思索，太多东西要记住。或许稍晚，待日上三竿，温暖了他们之后，他们会交谈，或只说些他们记得的东西，好确定它们存在，确定那些东西安然存放在他们心中。蒙塔格感觉到字句缓缓颤动，徐徐酝酿。一旦轮到他开口时，他能说什么？在这样的一个日子里，他能贡献什么使此行轻松些？凡事都有定期，天下万务都有定时。对了。拆毁有时，建造有时。对了。静默有时，言语有时。对了，就这些。但还有什么。还有什么？有什么，什么……

在河这边与那边有生命树，结十二样果子，每月都结果子；树上的叶子乃为医治万民。

对，蒙塔格心想，就是这句话，我要留待中午。留待中午……

待我们抵达城市。

后　记

我当时并不自知，我当真是在写一本廉价小说。一九五〇年春，我花了九块八毛钱的硬币写完《消防员》的初稿，该书日后更名为《华氏451》。

　　自一九四一年迄该年的十年间，我的文稿多半在家中车库内打字完成，不是在加州威尼斯（居住该地是因我们家穷，非因它是个"易结善缘"之地），就是在我跟内人玛格丽特抚养一家人的平价屋后面。我被心爱的孩子们撵出车库，她们非要绕到后窗外头唱歌敲玻璃。做父亲的不得不在完稿和陪女儿们玩耍之间作抉择。当然，我选择了玩耍，这却危及家庭收入。必须找间办公室才行，而我们租不起。

　　终于，我找到了这样一个地方，加州大学洛杉矶分校图书馆地下室的打字间。那儿，一排排整整齐齐、摆着二十台以上的旧型"雷明顿"或是"安德伍"打字机，以半小时一毛钱的价格出租。你把一毛钱硬币塞进去，定时器疯狂滴答，你就疯狂打字，好趁半小时滴尽之前完工。于是，我二度受催逼：一次被孩子们逼得离家，一次被打字机定时器逼得成了个打字狂。时间果真是金钱，我大约在九天内完成初稿。总共两万五千字，是后来增修完成的小说字数的一半。

除了投钱、为打字机卡住而抓狂（因为宝贵的时间也随之滴尽！）和装卸稿纸之外，我也不时上楼遛达。我在一条条走道上闲荡，经过一排排书架，耽溺其中，摸摸书，抽出一部部卷册，翻阅书页，再把卷册塞回原处，沉浸在那些正是图书馆精髓所在的佳作名著里。你不觉得吗？在这种地方写一本谈未来焚书的小说，妙极了！

往事不过尔尔。那么，《华氏451》在今天，这个时代，又如何呢？当年，我还是个年轻作家时，这本书对我说过的话，如今我对它是不是泰半改变了看法？除非看官所谓的改变是指我对图书馆的热爱更广更深了，那么我的回答是"是的"，这回答与那一堆堆书本，和图书馆管理员面庞上的粉灰相应。打从写了这本小说，我所编撰有关作家的故事、小说、论述和诗文，其数量在我印象中历来无出其右。我写过的诗文有谈梅尔维尔[①]，有论梅尔维尔与艾米莉·狄金森[②]，有谈艾米莉·狄金森与查尔斯·狄更斯，有论霍桑、爱伦·坡、巴勒斯[③]等人，同时我还比较过凡尔纳

---

① Herman Melville（1819—1891），美国小说家，《白鲸》作者。

② Emily Dickinson（1830—1886），十九世纪美国女诗人。

③ Edgar Rice Burroughs（1875—1950），美国小说家，《人猿泰山》系列小说作者。

和他笔下的疯子船长与梅尔维尔和他笔下同样执迷的船长。我也填过描述图书馆管理员的诗词，我跟我心爱的作家们一起搭夜车横越洲陆的荒野，昼夜喋喋不休，饮酒、饮酒，喋喋不休。我曾在一首诗中警告梅尔维尔，远离陆地（它根本不适合他），也曾将萧伯纳变成一个机器人，好方便我把他送上火箭，然后在飞往"阿尔法人马座"的漫漫旅途中唤醒他，喜孜孜听他张口念诵他的《序文》。我曾写过一个时光机器的故事，故事中，我回到过去，坐在王尔德、梅尔维尔和爱伦·坡的临终卧榻畔，在他们弥留之际诉说我的敬爱，温暖他们的骨骸……不过，说够了。看官也看得出，只要谈到书籍、作家，还有贮存他们的智慧的谷仓，我就成了疯子。

前不久，洛杉矶的"剧场剧院"准备就绪，我把《华氏451》中的所有人物从暗处叫上舞台。我对蒙塔格、克拉莉丝、费伯、比提说：打从一九五三年我们最后一次碰面，有什么新鲜事吗？

我问。他们回答。

他们写了新的情节，揭开他们迄未披露过的灵魂和梦想中的片段。其结果是一出两幕舞台剧，卖座颇佳，而最主要的是，获得好评。

比提从舞台侧厢最远处上台，回答我的问题：事情是怎么起头的？你为什么决定当消防队长，一个焚书者？比提出人意表的回答，出现在他带我们的男主角盖·蒙塔格返回公寓那幕戏中。进了公寓，蒙塔格愕然发现消防队长私藏的图书室内四壁排满了成千上万本书！蒙塔格转身对他的上司喊道。

"可你是焚书队长啊！你的住家不可以有书啊！"

队长闻言，带着一抹揶揄的浅笑，回答。

"怀书无罪，蒙塔格，是看书有罪，没错，我有书，但并不看它！"

蒙塔格惊愕，等待比提的解释。

"你还不明白其中的妙处吗，蒙塔格？我从不看书。没看过一本、一章、一页，一段也没看过。我着实会玩弄反讽，不是吗？怀有成千上万本书，却从不看一本，还摒斥它们，说：不。这就好像养了一屋子美女，然后含笑，不碰……任何一个。所以，你明白吧，我压根儿不是罪犯。要是你果真逮到我看书，那么，好，拿我去报警！可这地方就像个十二岁处子的乳白色夏夜寝室一般纯洁。这些书死在书架上了。为什么，因为我这么说的。我不给它们养分，它们没指望得到手、眼或舌头的滋润。它们跟灰尘差不了多少。"

蒙塔格抗驳："我看不出你怎么可能不……"

"受诱惑?"消防队长嚷道,"呵,那可是古早以前的事了。禁果已经给吃掉了,毒蛇已经爬回树上了,园子里已经杂草蔓生啦。"

"曾经……"蒙塔格踌躇片刻,才继续说,"你一定曾经非常爱过书。"

"动听!"消防队长回答,"正中要害。一击中的。穿心扯肠。呵,看看我,蒙塔格。一个曾经爱过书的男人,不,是一个曾经为书疯狂,像只人猿似的在书堆里爬来爬去的男孩。

"我曾经拿书当色拉吃,书是我午餐的三明治、我的晚餐、我的消夜。我撕下书页,配盐一起吃,沾些作料,啃咬它的装订,还用我的舌头来翻弄章节!几十、几百、几亿本书。我带了太多书回家,结果多年驼背。哲学、艺术史、政治、社会科学、诗词、论文,随你挑,我统统吃了。而后……而后……"消防队长声音渐失。

蒙塔格怂恿道:"而后怎样?"

"啊,我体会了人生。"消防队长闭目回忆,"人生,寻常的人生,就那么回事。不怎么完美的爱情,破灭的梦想,堕落的性生活,不该死的朋友猝死,有人被杀,亲近的人神经失常,某个母亲缠绵病榻,某个父亲突然自杀——象群惊逃,疾病蔓延。可无论是暗譬或明喻,怎么也找不到一本适合的书可以适时塞住崩闸的倾壁，挡住泛滥的洪水。等到年过三十，逼近三十一岁之际，我振作自己，并拢每一根断裂的骨头，每一公分擦伤、瘀伤、留下疤痕的肌肤。我揽镜自望，却发现一个老头儿躲藏在一个年轻人的惊恐脸庞后头，看见一股对万事万物的憎恨，于是我打开我那一整间图书室里的书，结果发现什么，什么，什么?"

蒙塔格猜测："书页是空白的?"

"没错! 空白的! 哦，书页上是有文字，没错，但那些字就像热油洒过我的眼睛。毫无意义。没给我任何帮助、慰藉、安宁、庇护，没有真爱，没有休息，没有光明!"

蒙塔格回想道："三十年前……最后一批图书馆被焚……"

"猜对了。"比提颔首，"结果我既没有工作，又是个失败的浪漫主义者——或随它是什么鬼玩意——我申请加入了消防员训练班。我头一个冲上楼，头一个进入图书室，头一个站在同胞们永恒炽燃的熊熊炉心内，给我煤油，给我火炬!

"课上完了。你走吧，蒙塔格。出去!"

蒙塔格怀着对书本前所未有的强烈好奇离去，他即将成为一个社会边缘人，即将遭到追捕，而且险些毁于机器猎犬——我笔下柯南道尔的巴斯克维尔猎犬。

在我的舞台剧中，老头儿费伯，这位整夜跟蒙塔格交谈、（透过海贝耳机）退而不休的教员，为消防队长所害。怎么回事呢？比提怀疑蒙塔格受了这样一枚秘密装置的指点，于是一拳将它敲出他的耳朵，对藏身远处的教员吼道。

"咱们来逮捕你啰！咱们就在门口啦！咱们上楼了！逮到了！"

这话把费伯吓坏了，他心脏衰竭而死。

全是好素材，扣人心弦。我不得不强捺住冲动，才没把它添入小说的新版中。

最后一点，有许多读者来函抗议克拉莉丝的失踪，纳闷她出了什么事。特吕弗也有同样的好奇，于是在他的电影版中救了克拉莉丝，安排她跟那批流浪森林中的"书者"们在一起，背诵他们的书的连祷文。我也有挽救她的冲动，因为毕竟，尽管她的喋喋不休近乎愚昧梦呓，但从许多方面而言，她促成了蒙塔格开始对书和书的内容感到好奇。因此，在我的舞台剧中，克拉莉丝最后出现来欢迎蒙塔格，给一个本质上相当严峻的故事，作了个略带欢喜的结局。

不过，小说依然保持忠于它的原貌。我不主张篡改任何一个年轻作家的作品，尤其那位年轻作家曾经是我自己。蒙塔格、比提、米尔德里德、费伯、克拉莉丝，他们的一举一动，进场出场，完全跟三十二年前我在加州大学洛杉矶分校地下室，以半小时一毛钱的代价初次写下的情形一模一样。我没有更动任何一个想法或字眼。

最后有一个发现。我的小说和故事全是在一股激越的热情中完成，看官想必也看出来了。可就在前不久，我浏览这本小说，才发觉蒙塔格的名字是随一家纸业公司取的。而费伯，当然，是一家铅笔制造商！我的潜意识可真狡猾，居然给他们取了这样的名字。

而且不告诉我！

尾　声

约莫两年前，有位端庄年轻的维沙尔小姐来函，告诉我她是多么喜欢我的太空神话实验作品《火星编年史》。

但是，她又说：时隔这么久再重写这本书，添加一些女性人物和角色，岂不也是个好主意？

那封信之前数年，我也接获相当数量的来函，针对同一本火星科幻小说，抱怨书中的黑人是"汤姆大叔"，问我为什么不"解决他们"？

大约同一时期，一名南方白人来了封短笺，表示我偏袒黑人，建议我舍弃整个故事。

两个星期之前，我堆积如山的邮件中夹了一封来自一家著名出版公司的信函，那封像只惹人厌的老鼠似的来函表示，愿意再版我的小说《雾角》，作为高中读物。

在我的故事中，我曾描述一座灯塔，它深夜投射出的光亮是一种"神光"。以任何一种海洋生物的观点仰望它，会觉得是"显灵"。

编辑们删去了"神光"和"显灵"。

约莫五年前，编纂另一本学校读物的编辑们将四百篇

（且数数看）短篇小说搜罗在一本文选中。你怎么把四百篇马克·吐温、欧文、爱伦·坡、莫泊桑和比尔斯的短篇小说，挤在同一本集子里？

简化嘛。剥皮，去骨，剔髓，融解，沥脂和销毁。每一个重要的形容词，每一个会动的动词，每一个重于蚊子的暗譬——删掉！每一个会扯动低能儿嘴角的明喻——拿掉！任何解释一位一流作家那么一点儿哲思的旁白——扔掉！

每一个故事，经过减肥、挨饿、删改，让水蛭吸干了血之后，都跟别的故事没两样。马克·吐温读起来就像爱伦·坡，就像莎士比亚，就像陀思妥耶夫斯基，就像——结局——埃德加·盖斯特。只要是超过三个音节的字都挨了剃刀。每一个只要求读者留意一眼的影像——枪毙了。

你是不是开始明白这码子可恶又不可思议的事了？

我对上述这一切作何反应？

把它们统统"枪决"。

写条子——拒斥。

送那批白痴下十八层地狱。

道理很明显。焚书的方法不止一种。而这世界充斥着手拿火柴的人。每一个少数族群，随他是浸信教徒或一神论者，爱尔兰人或意大利人或八十岁耄耋或佛教徒，犹太复国主义者或耶稣再临论者，妇女解放运动者或共和党人，还是四方福音教徒，都觉得他有意愿、权利、义务去泼洒煤油，点燃引信。凡是自认是所有苍白如乳冻的、平凡如麦片粥的、不发酵的文学的祖师爷的弱智编辑，个个舔他的断头斧，盯着任何敢稍微哼一声，或是写些超出童谣程度文章的作家的脖子。

在我的小说《华氏451》中，消防队长比提描述了书本最初是怎么被少数族群焚烧的，他们各自撕下这本书里的一页或是一段文字，接着撕扯另一本书，最后终于有一天书本成了空白的，心智是封闭的，而图书馆永久关门。

"关上门，他们从窗户进来，关上窗子，他们从门进来。"这是一首老歌的歌词。这词儿正符合我的生活样式，因为每个月都有新来的屠夫或检查员。就在一个半月之前，我发现，"巴兰坦出版公司"某些闭塞的编辑，因为生怕污染了年轻人，多年来一点一滴逐步从这本小说里筛检了七十五段文字。学生们读了这本其实谈的正是未来的检查制度和焚书现象的小说，写信告诉我这项绝妙的反讽。"巴兰坦"的一名新进编辑朱迪·林恩·德尔·雷，目前正将全书重新排版，今年夏天再版，而所有该死要命的玩意儿均将回归原处。

这儿记述一段对约伯二世的最后考验：一个月之前，

我寄了一份舞台剧剧本，《巨大海兽九九》，给一所大学剧场。我的剧本是以《白鲸》为蓝本，献给梅尔维尔，内容是谈一组火箭成员和一名瞽目太空队长，他们出发探险，遭遇一艘"巨大白色彗星"，结果毁灭了毁灭者。这出戏今年秋天将在巴黎以歌剧方式重演。但眼前，那所大学回函称他们实在不敢演出我的戏——戏里头没有女性！要是戏剧系胆敢一试，校园里"紧急救援小组"的小姐们会拿着球棒上门！

我把虎牙咬成粉末，心想，这大概意味着今后再也不会制作"乐队男孩"（没有女性），或是"女人"（没有男性）。或者，要是数数人头，算算男性女性的人数，莎士比亚的戏剧有不少将再也见不着了，尤其如果数数对白，发现所有精彩句子全给了男性！

我回函表示或许他们该演出我的戏一个星期，下个星期再演出"女人"。他们大概以为我在开玩笑，我自个儿也没把握说我不是开玩笑。

因为这是个疯狂的世界，要是我们任凭少数族群干预美学，随他们是侏儒还是巨人，是婆罗州巨猿还是海豚，是核子弹头派还是漫谈派，是前计算机学家还是新反机器主义者，是呆子还是贤哲，这世界都会更加疯狂。真实的世界是每一个群体的游乐场，任由他们立法或废法。可是我的书、故事或诗的尖端，却正是他们权利终止之处，也是我的疆域诚令颁布、执行、治理之处。假如摩门教徒不喜欢我的戏剧，让他们自己去写自己的。假如爱尔兰人不喜欢我的都柏林小说，让他们去租打字机。假如教员和初级编辑认为我这种正中下巴式的文句害得他们奶昔似的牙齿打哆嗦，那就让他们拿自个儿做的陈年蛋糕浸在稀淡的茶里果腹。假如墨西哥裔知识分子想把我的《奇妙冰淇淋装》重新剪裁成新潮的"阻特装"①，那么但愿皮带松脱，裤子滑落。

因为，咱们面对事实，枝节正是才智的灵魂。拿掉但丁、弥尔顿或哈姆雷特如玫瑰般具哲理的旁白，那么留下来的只剩干枯的骨头。劳伦斯·斯特恩②曾说：枝节，不容置疑，正是文句的阳光、生命、灵魂！拿掉它，那么永恒的寒冬就会笼罩每一张书页。把它还给作者——他像个新郎似的出现，向所有人招呼致意，他带来万千变化，让人胃口不疲。

总而言之，别拿你打算对我的作品做的那些铡头、削指、挖肺的把戏来侮辱我。我需要用我的头来摇头或点头，需要我的手来挥手或握拳，需要我的肺来呐喊或低喃。我

---

① zoot suit，上衣宽肩及大腿，配灯笼裤。
② Laurence Sterne（1713—1768），英国小说家。

不会温驯地给人刨去肠子，搁在架子上，变成一样不是书的东西。

你们这些裁判，回到看台上。主审，去淋浴。这是我的独角戏。我投球，我打击，我接球，我跑垒。到了日落，我赢球或输球。次日天亮，我再度上阵，再玩它一场。

而没有人能助我一臂。连你也一样。

Ray Bradbury
FAHRENHEIT 451

Copyright © 1953 by Ray Bradbury，1981 renewed by Ray Bradbury，
1981 afterword by Ray Bradbury，1979 coda by Ray Bradbury
This edition arranged with Don Congdon Associates，Inc.
through Big Apple Agency，Inc. ，Labuan，Malaysia
Simplified Chinese edition copyright © 2012 by Shanghai Translation
Publishing House
All rights reserved.

图字：09 - 2010 - 207（1）号

图书在版编目（CIP）数据

华氏 451：全新特别版／（美）雷·布拉德伯里
（Ray Bradbury）著；于而彦译. —上海：上海译文出
版社，2022.6（2025.6重印）
（雷·布拉德伯里科幻经典系列）
书名原文：Fahrenheit 451
ISBN 978 - 7 - 5327 - 9003 - 6

Ⅰ. ①华… Ⅱ. ①雷…②于… Ⅲ. ①幻想小说—美
国—现代 Ⅳ. ①I712.45

中国版本图书馆 CIP 数据核字（2022）第 072145 号

华氏 451 | Ray Bradbury | 出版统筹 赵武平
 | 雷·布拉德伯里 著 | 责任编辑 陈飞雪
Fahrenheit 451 | 于而彦 译 | 装帧设计 @broussaille 私制

上海译文出版社有限公司出版、发行
网址：www. yiwen. com. cn
201101 上海市闵行区号景路 159 弄 B 座
浙江新华数码印务有限公司印刷

开本 787×1092 1/32 印张 7.25 插页 5 字数 88,000
2022 年 8 月第 1 版 2025 年 6 月第 6 次印刷

ISBN 978 - 7 - 5327 - 9003 - 6
定价：58. 00 元

本书中文简体字专有出版权归本社独家所有，非经本社同意不得转载、摘编或复制
如有质量问题，请与承印厂质量科联系。T：0571 - 85155604